ものがたり十二か月

冬ものがたり

野上　暁　編

もくじ

・十二月・

雪《ゆき》　工藤直子《くどうなおこ》　8
悲《かな》しむべきこと　星《ほし》 新一《しんいち》　11
十二月《がつ》ドミドミソドドド　干刈《ひかり》あがた　21
カルシウム　岩瀬成子《いわせじょうこ》　55
日記帳《にっきちょう》　那須正幹《なすまさもと》　69

・一月・

ゾウガメ　木坂《きさか》 涼《りょう》　76
たぶん、ぼくは。　ひこ・田中《たなか》　79
カメレオンか？人間《にんげん》か？　長《ちょう》 新太《しんた》　107

ぼくらのラブ・コール　上野《うえの》 瞭《りょう》　117
小《ちい》さい草《くさ》からのながめ　安東《あんどう》みきえ　131

・二月・

ちいさなひょうざん　小野寺悦子《おのでらえつこ》　144
ぐうぜんの風景《ふうけい》　村中李衣《むらなかりえ》　147
雪《ゆき》の中《なか》の青《あお》い炎《ほのお》　安房直子《あわなおこ》　159
葉書《はがき》　飯田栄彦《いいだよしひこ》　185
あのひと　荻原規子《おぎわらのりこ》　197

解説《かいせつ》　野上《のがみ》 暁《あきら》　206

装　画　川上隆子
カバーデザイン　山﨑理佐子
本文挿画　松林　誠

ものがたり十二か月

冬ものがたり

十二月・師走・しわす

雪《ゆき》

工藤《くどう》直子《なおこ》

雪《ゆき》の　まっさかりになると
雪《ゆき》は　夢《ゆめ》に似《に》るのである
雪《ゆき》は　夢《ゆめ》のように
あとからあとから空《そら》に湧《わ》くのである
目《め》まいのように
あとからあとから際限《さいげん》もなく舞《ま》うのである

空気《くうき》は　いまや
純白《じゅんぱく》の点点《てんてん》に　満《み》ち満《み》ちているのである
裸《はだか》の樹々《きぎ》は
まさか！　まさか！　と呟《つぶや》きながら
美《うつく》しく窒息《ちっそく》するのである

凩《こがらし》や
海《うみ》に夕日《ゆうひ》を
吹《ふ》き落《おと》す

夏目《なつめ》漱石《そうせき》

悲《かな》しむべきこと

星《ほし》 新《しん》一《いち》

クリスマスの夜《よる》。大《おお》きな邸宅《ていたく》に住《す》むエヌ氏《し》が、ラジオの音楽《おんがく》に耳《みみ》を傾《かたむ》けながらひとり酒《ざけ》を飲《の》んでいると、となりの部屋《へや》でなにか物音《ものおと》がした。そっとのぞいてみると、暖炉《だんろ》のなかから、ひとりの男《おとこ》が現《あらわ》れた。赤《あか》い服《ふく》に赤《あか》ずきん。長《なが》ぐつをはいて大《おお》きな袋《ふくろ》を背《せ》にした、白《しろ》いひげの老人《ろうじん》だった。あたりを見《み》まわしている。

サンタクロースにちがいないとエヌ氏《し》は判断《はんだん》し、声《こえ》をかけた。

「よくいらっしゃいました。ごくろうさまです。しかし、わが家《や》はけっこうです。小《ちい》さい子《こ》どものいることはいますが、うちはまあ、お金持《かねも》ちのほう。どうせなら、貧《まず》しく恵《めぐ》まれぬ子《こ》どものいる家《いえ》をおたずね下《くだ》さい」

するると相手《あいて》は言《い》った。

「ことしは例年《れいねん》とちがうのだ。金《かね》のありそうな家《いえ》を目標《もくひょう》にやってきた」

「それはまた、なぜです」

「金《かね》をとるためだ。物《もの》わかりのいい人《ひと》らしくて気《き》の毒《どく》だが、仕方《しかた》ない。さあ、金《かね》を

出《だ》せ」

そして、拳銃《けんじゅう》らしきものをむけた。エヌ氏《し》はきもをつぶした。

「いったい、どういうことなのです。あなたはサンタクロースなのですか、泥棒《どろぼう》なのですか。どっちなのです」

「両方《りょうほう》だ。本物《ほんもの》のサンタクロースであることは、少《すこ》しもからだをよごさず煙突《えんとつ》からはいってきたことでもわかるだろう。空《そら》を走《はし》るトナカイのソリは、そとにおいてある。また、泥棒《どろぼう》であることは、こうして金《かね》を要求《ようきゅう》していることでわかるはずだ」

たしかに服《ふく》も袋《ふくろ》もよごれていない。人間《にんげん》だったら不可能《ふかのう》なことだ。カーテンのあいだからそとをのぞくと、ソリをひいたトナカイたちが空中《くうちゅう》に停止《ていし》していた。エヌ氏《し》はそれをみとめて言《い》った。

「本物《ほんもの》のサンタクロースのようですね。お目《め》にかかれて光栄《こうえい》です。しかし、なんで強盗《ごうとう》まがいのことをなさるんです。なにかお困《こま》りのようですな。事情《じじょう》によっては、お金《かね》をご用立《ようだ》てしましょう」

「ありがたい。では、すぐ下《くだ》さい」

「まあ、わけを聞《き》かせて下《くだ》さい。こちらの部屋《へや》にどうぞ。お酒《さけ》もあります」

エヌ氏《し》は案内《あんない》し、椅子《いす》をすすめた。サンタクロースは腰《こし》をおろし、話《はな》しはじめた。

「じつは、ご存知《ぞんじ》のように、わしは昔《むかし》からクリスマスの夜《よる》、かわいそうな子《こ》どもたちに、ずっとおくり物《もの》をとどけつづけてきた。みな喜《よろこ》んでくれている」

「その通《とお》りで、ありがたいことです。あなたは人類《じんるい》の心《こころ》のともしびです」

「しかしだ、そのためには金《かね》のかかることを、理解《りかい》してもらわねばならんよ。喜《よろこ》んでくれるのはいいが、金《かね》のことはだれも考《かんが》えてくれない。わしのたくわえは、とっくのむかしになくなった。つぎには家具《かぐ》や装飾品《そうしょくひん》を処分《しょぶん》して、おくり物《もの》を買《か》う金《かね》とした」

「そうとは知《し》りませんでした」

「それからは借金《しゃっきん》だ。北《きた》のはてにあるわしの家《いえ》を抵当《ていとう》にし、金《かね》を作《つく》った。かえすあてもなく、利息《りそく》がたまってしまった。もうどこからも借《か》りられないし、返済《へんさい》を強硬《きょうこう》に迫《せま》られている」

「ああ、うかがっていると、わたしの胸《むね》が痛《いた》くなってきます」

「もはや万策《ばんさく》つきた。あしたになると、わしは家《いえ》から立《た》ちのかねばならぬ。ソリは競売《きょうばい》にされ、トナカイたちは肉屋《にくや》に持《も》ってかれる。こうなったら、背《せ》に腹《はら》はかえられない。さあ、金《かね》を出《だ》せ」

「もちろん出《だ》します。心《こころ》からご同情《どうじょう》しご協力《きょうりょく》いたします。しかし、それにしても、なんということだ……」

エヌ氏《し》はため息《いき》をつき、しばらく考《かんが》えこんで、さらにつづけた。

「……まったく、あなたのようなかたを、そんな立場《たちば》にしてしまうとは、許《ゆる》しがたいことだ。なげかわしいことです。義憤《ぎふん》を感《かん》じます。胸《むね》のなかが煮《に》える思《おも》いです」

歯《は》ぎしりをするエヌ氏《し》を、サンタクロースは少《すこ》しもてあました。

「わしは早《はや》くお金《かね》をいただきたいだけです。そう大声《おおごえ》で興奮《こうふん》なさることはありません」

「いや、これが怒《おこ》らずにいられますか。世《よ》の中《なか》をごらんなさい。だれもかれも、あなたをだしに商品《しょうひん》を売《う》りまくっている。わたしはよく知《し》っています。あなたのひとのいい点《てん》につけこみ、無断《むだん》で肖像権《しょうぞうけん》を使《つか》っているのです。本来《ほんらい》なら、あなたのために積《つ》み立《た》てておくべきものです。それを正当《せいとう》に取《と》るだけで、かなりのお金《かね》がはいります。そうすべきだ」

「そんな方法《ほうほう》があるのなら、助《たす》かります。で、どこへ行《い》けば金《かね》がもらえますか」

「弁護士《べんごし》をたのんで裁判《さいばん》にかければいいのですが、それでは急場《きゅうば》のまにはあいません。今回《こんかい》は、あなたをだしにいちばんもうけたところから取《と》るべきです。Gデパ《ジー》ートがいい。あそこは最大《さいだい》のデパートで、このクリスマス・セールでは大変《たいへん》な売《う》り上《あ》げを得《え》ました」

「そんなところがあったのですか」

サンタクロースは身《み》を乗《の》り出《だ》し、エヌ氏《し》はうなずいた。

「そうですよ。今夜《こんや》そこの金庫《きんこ》におはいりになれば、大金《たいきん》を手《て》にすることができます。そうなさい。遠慮《えんりょ》することはありません。あなたは報酬《ほうしゅう》として、当然《とうぜん》それをもらう権利《けんり》があるのです」

「お言葉《ことば》に従《したが》おう。そのほうがわしも良心《りょうしん》にせめられないですむ。なんだか勇気《ゆうき》がわいてきた。よく教《おし》えてくれた」

エヌ氏《し》はG《ジー》デパートの場所《ばしょ》を地図《ちず》に書《か》いて渡《わた》し、警備員《けいびいん》への注意《ちゅうい》も教《おし》えた。

「それから、金庫《きんこ》を破《やぶ》る道具《どうぐ》かなにかお持《も》ちですか」

「ああ、いちおう用意《ようい》してきた」

サンタクロースは背中《せなか》の袋《ふくろ》をたたいた。金属製《きんぞくせい》の道具《どうぐ》の音《おと》がした。準備《じゅんび》はととのえてきたらしい。エヌ氏《し》はそとまで送《おく》って激励《げきれい》した。

「しっかりおやり下《くだ》さい。ご成功《せいこう》を祈《いの》っておりますよ」

「ありがとう」

サンタクロースはむちを鳴《な》らした。トナカイのひくソリは、夜空《よぞら》へ浮《う》き上《あ》がった。そしてエヌ氏《し》に教《おし》えられたG《ジー》デパートのほうへ進《すす》んでゆく。しのびこむのがうまいサンタクロースだから、きっと成功《せいこう》するだろう。逃《に》げる時《とき》は、いかに道路《どうろ》が閉鎖《へいさ》されても心配《しんぱい》ない。エヌ氏《し》はいつまでも見送《みおく》っていた。

「いいことをした。これでサンタクロースは、当分《とうぶん》お金《かね》には困《こま》らないだろう。貧《まず》しい子《こ》どもたちも喜《よろこ》ぶ。それに、わたしだってありがたい。これで業界第一《ぎょうかいだいいち》のG《ジー》デパートが没落《ぼつらく》してくれれば、わたしの経営《けいえい》するデパートが、かわって一位《い》にのしあがれるというものだ」

十二月《がつ》　ドミドミ　ソドドド

千《ひ》刈《かり》あがた

ドミドミ　ソドドド
レレレレ　ミミミミ
ドミドミ　ソドドド
レレミレ　ドミド
ソレレレ　ミドドド
ソレレレ　ミドミレ
ドミドミ　ソドドド
レレミレ　ドミド

右手《みぎて》で音階《おんかい》を弾《ひ》き、左手《ひだりて》でも一節《せつ》に一音《おん》の伴奏《ばんそう》をつけて、ミツヱがバイエルの練《れん》習曲《しゅうきょく》8番《ばん》を弾《ひ》き終《お》わると、野村先生《のむらせんせい》が言《い》った。

「はい、いいでしょう。今日《きょう》はここまでにしましょう」

「ありがとうございました」と言《い》ってミツヱは立《た》ち、それから、どんなふうに言《い》えばいいだろうと昨日《きのう》から考《かんが》えて、頭《あたま》の中《なか》で練習《れんしゅう》してきたことを言《い》った。

「来週《らいしゅう》の日曜日《にちようび》は、斉木先生《さいきせんせい》の家《いえ》へ行《い》くことになっているので、ピアノを弾《ひ》きに来《こ》られません。それから引越《ひっこ》しは……十二月二十七日《がつにち》に引越《ひっこ》します。だから……長《なが》いあいだ、お世話《せわ》になりました」

最後《さいご》の言葉《ことば》は、そう言《い》いなさいと母親《ははおや》に言《い》われたのだ。

「そうですか。それじゃ、レッスンは今日《きょう》で終《お》わりですね」

「はい」

と言《い》ってからミツヱは、オーバーと風呂敷包《ふろしきづつ》みを置《お》いておいた、窓際《まどぎわ》の生徒椅子《せいといす》のところへ走《はし》っていった。そして、母親《ははおや》から言《い》われたとおりに風呂敷《ふろしき》を解《ほど》き、のし紙《がみ》のついている菓子折《かしおり》を取《と》り出《だ》して先生《せんせい》のところへ戻《もど》った。

「これは、お母《かあ》ちゃん……母《はは》からです」

と菓子折《かしおり》を差《さ》し出《だ》すと、先生《せんせい》はちょっと困《こま》ったような顔《かお》をして、

「ぼくの方《ほう》が、お世話《せわ》になったのに。引越《ひっこ》しまでに一度《ど》うかがいますが、お母《かあ》さんによろしくお伝《つた》えください」

と言《い》って受《う》け取《と》った。

ミツヱがまた窓際《まどぎわ》に行《い》き、父親《ちちおや》のオーバーの仕立《した》て直《なお》しの黒《くろ》いオーバーを着《き》ていると、楽譜台《がくふだい》に自分《じぶん》の楽譜《がくふ》を広《ひろ》げながら先生《せんせい》が聞《き》いた。

「新《あたら》しい家《いえ》は、どうでしたか？」

先週《せんしゅう》の日曜日《にちようび》は、一家《いっか》で東京《とうきょう》の家《いえ》を見《み》に行《い》くために、ミツヱはレッスンを休《やす》んだのだった。

ボタンを留《と》めながらミツヱは見《み》てきた家《いえ》のことを思《おも》い出《だ》し、どう答《こた》えたらいいのだろうと考《かんが》えた。家《いえ》はまだ完成《かんせい》していなくて、大《おお》きなカツオ節《ぶし》のようなカンナ屑《くず》が散《ち》らかっていた。それをいじるのと、階段《かいだん》を上《のぼ》り下《お》りするのが、おもしろかった。

「二階建《かいだ》てです」

「そうですか。学校《がっこう》は近《ちか》いの？」

「わかりません」

学校《がっこう》は見《み》なかった。ミツヱがオーバーを着終《きお》えると、先生《せんせい》は回転椅子《かいてんいす》ごとミツヱの方《ほう》を向《む》いて言《い》った。

「できればピアノは続《つづ》けるといいですね。元気《げんき》でね」

「はい」

「それじゃ、気《き》をつけて帰《かえ》ってください」

「ありがとうございました。さようなら」

とミツヱは、いつもの帰《かえ》りの挨拶《あいさつ》をして音楽室《おんがくしつ》を出《で》た。がらんとして寒《さむ》い日曜日《にちようび》の校舎《こうしゃ》に響《ひび》き始《はじ》めた野村先生《のむらせんせい》のピアノの音《おと》を聞《き》きながら、あのピアノとは今日《きょう》で「さようなら」だったのだ、と思《おも》いながら階段《かいだん》を下《お》りた。

校庭《こうてい》に出《で》ると、小川《おがわ》のむこうから吹《ふ》いてくる風《かぜ》が、手前半分《てまえはんぶん》の校庭《こうてい》に撒《ま》いてある砂《すな》を巻《ま》き上《あ》げるようにして、小《ちい》さな渦巻《うずまき》が走《はし》っていた。

台所《だいどころ》は寒《さむ》いだろうな、とミツヱは新《あたら》しい家《いえ》のことを考《かんが》えた。一階《かい》には、広《ひろ》い板敷《いたじ》きの「応接間《おうせつま》」と、八畳間《じょうま》と、お便所《べんじょ》。二階《かい》に六畳《じょう》と四畳半《じょうはん》。広《ひろ》い応接間《おうせつま》があるのに、台所《だいどころ》は、あるような、ないような家《いえ》だった。横《よこ》の戸口《とぐち》の外《そと》にポンプ井戸《いど》と流《なが》し台《だい》があって、屋根《やね》はあったが囲《かこ》いはなかった。父親《ちちおや》は「これから住《す》みながら台所《だいどころ》の囲《かこ》いをつくり、風呂場《ふろば》をつくる」と言《い》っていた。

ミツヱたち兄弟《きょうだい》は階段《かいだん》が珍《めずら》しくて、何度《なんど》も上《のぼ》り下《お》りしたが、「二階《かい》の二間《ふたま》は貸《か》す」のだそうだ。

父親《ちちおや》は「応接間《おうせつま》」と「大《おお》きな玄関《げんかん》」が気《き》に入《い》っているようだった。玄関《げんかん》の戸《と》は引《ひ》き戸《ど》ではなく、取手《とって》のついているドアだった。父親《ちちおや》は「普通《ふつう》のドアより幅《はば》が広《ひろ》くて、丈《たけ》も長《なが》いんだよ」と言《い》って、ドアを開《あ》け閉《し》めして見《み》せた。

家《いえ》の前《まえ》には道《みち》に面《めん》して小《ちい》さな庭《にわ》があった。父親《ちちおや》は子《こ》ども三人《にん》を呼《よ》ぶと、道《みち》の方《ほう》から家《いえ》を見《み》せ、「金網《かなあみ》につるバラを咲《さ》かせようね」と言《い》った。家《いえ》は前庭《まえにわ》から石段《いしだん》を三段上《だんのぼ》った奥《おく》の高《たか》いところにあり、玄関《げんかん》のドアと応接間《おうせつま》の出窓《でまど》の目立《めだ》つ、大《おお》きな家《いえ》のように見《み》えた。なんだか家《いえ》が家族《かぞく》を見下《みお》ろしているように、ミツヱは感《かん》じた。

母親《ははおや》は「台所《だいどころ》の囲《かこ》いを、なるべく早《はや》くつくってください。板《いた》の間《ま》のワックスは、私《わたし》と子《こ》どもたちでやりますから」と言《い》った。ワックスというのは板《いた》を光《ひか》らせるもの

だそうだ。畳《たたみ》や襖《ふすま》はまだ入《はい》っていなかったので、ミツヱはあちこちを歩《ある》いて見《み》ながら、家《いえ》の中《なか》を歩《ある》いているというよりも、大《おお》きな工作《こうさく》の中《なか》を歩《ある》いて見《み》ているような気《き》がした。

冬《ふゆ》は草《くさ》が少《すく》ないので、ミツヱは道端《みちばた》の草《くさ》を見《み》てハコベやオオバコがあると、それを摘《つ》みながらピアノのレッスンから帰《かえ》った。物置《ものお》きに置《お》いてある草入《くさい》れバケツに草《くさ》を入《い》れてから家《いえ》に入《はい》ろうと路地《ろじ》へまわると、裏庭《うらにわ》の方《ほう》から聞《き》き慣《な》れない男《おとこ》の人《ひと》の声《こえ》がした。誰《だれ》だろうと物置《ものお》きの横《よこ》から首《くび》を出《だ》して見《み》ると、母親《ははおや》と、黒《くろ》い革《かわ》のジャンパーを着《き》た男《おとこ》の人《ひと》が、鶏小屋《とりごや》を覗《のぞ》いていた。男《おとこ》の人《ひと》は手帳《てちょう》を持《も》って、鉛筆《えんぴつ》で鶏《にわとり》を指《ゆび》さしながら母親《ははおや》と話《はな》していた。

革《かわ》のジャンパーを着《き》た男《おとこ》は、豚《ぶた》や鶏《にわとり》を売《う》ったり買《か》ったりする人《ひと》だった。ミツヱの家《いえ》でも何度《なんど》か、卵《たまご》を産《う》まなくなった鶏《にわとり》を売《う》ったり、ヒナを買《か》ったりしたことがある。

そうだった、引越《ひっこ》しのとき鶏《にわとり》をどうするのか、まったく考《かんが》えていなかった。十二羽《わ》ぜんぶを東京《とうきょう》へ連《つ》れていくことはできないだろう。何羽《なんば》かは売《う》るのかもしれない、とミツヱは思《おも》った。

「バアサンは肉《にく》も固《かて》えからな。日本人《にほんじん》相手《あいて》なら、肉《にく》なら何《なん》でもいいが、アメリカさんには、やっぱり若《わけ》えのじゃねえとな」

と男《おとこ》は大声《おおごえ》で言《い》い、下品《げひん》な笑《わら》い声《ごえ》を立《た》てながら手帳《てちょう》に何《なに》か書《か》いた。

まだほんのヒナのような一番小《いちばんちい》さい鶏《にわとり》も売《う》るのだろうか、とミツヱは胸《むね》がドキドキしてきた。ヒナはどんどん大《おお》きくなり、なんだか憎《にく》らしいような鶏《にわとり》になる。餌《えさ》にする草《くさ》を摘《つ》んだり、貝殻《かいがら》を砕《くだ》いたりするとき、鶏《にわとり》なんかいなければいいのにと思《おも》うことはあるけれど、一番小《いちばんちい》さい鶏《にわとり》はいつも一番《いちばん》かわいい。

「引《ひ》き取《と》りはいつですか？」

と母親《ははおや》が聞《き》き、男《おとこ》が言《い》った。

「暮《くれ》から正月《しょうがつ》にかけては、豚《ぶた》も鶏《にわとり》も卵《たまご》もかきいれどきで忙《いそが》しいんだよ。まあ、クリスマスまでには来《く》るけど」

ミツヱはそっとうしろにさがり、台所口《だいどころぐち》から家《いえ》に入《はい》った。

ついこのあいだまで十三羽《わ》いた鶏《にわとり》は、今《いま》は十二羽《わ》になっている。一羽《わ》は最近《さいきん》、父《ちち》親《おや》がこの町《まち》の署《しょ》に勤務《きんむ》していたときの同僚《どうりょう》たちを招待《しょうたい》して、引越《ひっこ》し挨拶《あいさつ》の宴会《えんかい》のようなことをしたときに、「ひねった」のだ。今《いま》までも、お客《きゃく》さんが来《く》るときに、卵《たまご》を産《う》まなくなった鶏《にわとり》をひねったことは何度《なんど》かある。そんなときはミツヱも、鶏肉《とりにく》を炊《た》きこんだ煮物《にもの》を食《た》べたり、翌日《よくじつ》、残《のこ》りの皮《かわ》でつくったスープを飲《の》んだりした。このあいだの宴会《えんかい》のときもそうだった。おいしかった。でも、引越《ひっこ》しのとき鶏《にわとり》をどうするかを、母親《ははおや》が頭《あたま》のどこかで考《かんが》えていたなんて、まったく知《し》らなかった。

男《おとこ》との話《はなし》を終《お》えて台所口《だいどころぐち》から入《はい》ってきた母親《ははおや》は、待《ま》ち構《かま》えるように台所《だいどころ》の床《ゆか》に坐《すわ》っているミツヱを見《み》て眼《め》をそらした。

「鶏《にわとり》、何羽《なんば》売《う》るの?」

「ぜんぶよ。世話《せわ》をしてくれたミツヱには悪《わる》いと思《おも》うけど、しかたないのよ」

「あの一番小《いちばんちい》せえのも売《う》っちまうの? 東京《とうきょう》へ連《つ》れてけばいいじゃねえか」

「鶏小屋《とりごや》もないでしょう」

「台所《だいどころ》だってこれからつくるんだから、つくればいい。おれ、頑張《がんば》って、卵《たまご》を産《う》ませるから」

東京《とうきょう》の家《いえ》のまわりには、ところどころに雑木林《ぞうきばやし》があって、餌《えさ》になる草《くさ》もありそうだったことを思《おも》い出《だ》して、ミツヱはそう言《い》った。

「一羽《わ》や二羽《わ》飼《か》っても、手《て》がかかるだけよ。たくさんは飼《か》えないし」

「じゃあ、あの小《ちい》せえのだけでも、誰《だれ》かにもらってもらえば」

「もらってくださいと言《い》われても、はいそうですかとは言《い》えないわよ。鶏《にわとり》は高《たか》いのよ」

お金《かね》のことを言《い》われては、ミツヱにはもう何《なに》も言《い》えなかった。でも、自分《じぶん》がいっしょうけんめい草《くさ》を摘《つ》んで餌《えさ》を食《た》べさせた鶏《にわとり》が産《う》んだ卵《たまご》は、売《う》っているのにと、なんだか割《わ》り切《き》れない気《き》がした。

翌日《よくじつ》、ミツヱは上級生《じょうきゅうせい》の飼育係《しいくがかり》が世話《せわ》をしている学校《がっこう》の鶏小屋《とりごや》を見《み》ながら、誰《だれ》にも内緒《ないしょ》でランドセルか手《て》さげ袋《ぶくろ》にあの小《ちい》さな鶏《にわとり》を入《い》れて持《も》ってこられないものかと考《かんが》えた。それとも、どこかよその家《いえ》の鶏小屋《とりごや》に黙《だま》って入《い》れてしまうとか。

その日《ひ》の帰《かえ》り道《みち》で、関《せき》のぼるが言《い》った。

「クリスマスイブの日《ひ》に、教会《きょうかい》で子《こ》どもクリスマス会《かい》をやるんだって。日曜学校《にちようがっこう》に行《い》ってない子《こ》でも、見《み》に来《き》ていいんだって」

関《せき》のぼるは日曜学校《にちようがっこう》に行《い》っているのだ。高橋京子《たかはしきょうこ》とコッペが、すぐに「行《い》く」と言《い》った。

「わたしは、お父《とう》さんの勤《つと》めてる基地《きち》でクリスマスパーティーがあるから。毎年《まいとし》、うちじゅうで行《い》くの」と小田薫《おだかおる》が言《い》った。「豆電球《まめでんきゅう》がたくさんついた大《おお》きなクリスマスツリーがあって、アメリカ人《じん》の子《こ》も日本人《にほんじん》の子《こ》も、きれいな袋《ふくろ》に入《はい》ったお菓子《かし》やアイスクリームをもらえるのよ」

「アメリカ人《じん》は七面鳥《しちめんちょう》を食《く》うんだべ？」

とコッペが言《い》ったので、ミツヱは耳《みみ》をすました。

「大人《おとな》と子《こ》どものパーティーは別々《べつべつ》だから、見《み》たことないけど」

と小田薫《おだかおる》は言《い》った。

日本《にほん》には七面鳥《しちめんちょう》はあまりいないようだから、肉《にく》のやわらかい鶏《にわとり》を食《た》べるのかもしれない、あの小《ちい》さい鶏《にわとり》の引越《ひっこ》しをするなら、急《いそ》がなければとミツヱは思《おも》った。

「永井《ながい》さんは忙《いそが》しい？」

と関《せき》のぼるがミツヱに聞《き》いた。終業式《しゅうぎょうしき》が終《お》わったらミツヱが引越《ひっこ》すことは、みんなもう知《し》っている。

「お墓参《はかまい》りなんかあるけど、行《い》けたら行《い》く」

とミツヱは答《こた》えた。

家《いえ》に帰《かえ》るとミツヱはランドセルを背負《せお》ったまま裏庭《うらにわ》へ行《い》き、鶏小屋《とりごや》を覗《のぞ》いた。鶏《にわとり》はみんなまだ無事《ぶじ》だった。一番小《いちばんちい》さい鶏《にわとり》は、ほかのにくらべれば小《ちい》さかったが、ランドセルには入《はい》りそうもなかった。手《て》さげ袋《ぶくろ》では、口《くち》のところをすぼめて握《にぎ》っていても、暴《あば》れて飛《と》び出《だ》してしまいそうだった。

ランドセルを家《いえ》に置《お》くと、ミツヱは近所《きんじょ》の鶏小屋《とりごや》を見《み》てまわった。傘屋《かさや》の妙子《たえこ》の家《いえ》の前庭《まえにわ》の鶏小屋《とりごや》。ポンプ屋《や》の勝《しょう》ちゃんちの、資材置《しざいお》き場《ば》にある鶏小屋《とりごや》。機屋《はたや》の綾《あや》子《こ》の家《いえ》にも鶏小屋《とりごや》はあるが、門《もん》から黙《だま》って入《はい》るのは気《き》がひける。畳屋《たたみや》の横《よこ》の路地《ろじ》の鶏小屋《とりごや》。ミツヱが母親《ははおや》のミシン針《ばり》を買《か》いに行《い》く、時計修理屋《とけいしゅうりや》の店先《みせさき》の鶏小屋《とりごや》を見《み》ていたら、片眼《かため》に筒型《つつがた》レンズをくっつけたおじさんがこっちを見《み》た。

心《こころ》あたりの鶏小屋《とりごや》を見《み》てまわったが、人《ひと》が簡単《かんたん》に近《ちか》づけるような場所《ばしょ》にある鶏小《とりご》屋《や》は、それぞれ南京錠《なんきんじょう》が掛《か》かっていたり、出入《でい》り口《ぐち》がむこう向《む》きだったりした。みんな盗《ぬす》まれるのを用心《ようじん》しているようだった。やっぱり鶏《にわとり》は、高《たか》いものらしいということがわかった。誰《だれ》かが知《し》らない間《あいだ》に鶏《にわとり》を一羽《わ》入《い》れてくれるかもしれない、などとは誰《だれ》も思《おも》っていないようだった。

空《あ》き地《ち》に放《はな》そうかとも思《おも》ったが、凍《こご》え死《じ》にするか、野良犬《のらいぬ》に食《く》われるかしそうだった。

つぎの日《ひ》ミツヱが学校《がっこう》から帰《かえ》って鶏小屋《とりごや》を覗《のぞ》くと、鶏小屋《とりごや》には、バアサンが一羽《わ》だけになっていた。革《かわ》のジャンパーを着《き》た人《ひと》は「クリスマスまでに」と言《い》っていたので、まだ何日《なんにち》かは大丈夫《だいじょうぶ》だと思《おも》っていたのに、もう迎《むか》えに来《き》たのだと、ミツヱはぼんやりしてしばらく鶏小屋《とりごや》の前《まえ》に立《た》っていた。金網《かなあみ》に吊《つる》してある、イタチ除《よ》けの、大《おお》きなアワビの貝殻《かいがら》が光《ひか》っていた。鶏小屋《とりごや》にはまだ、ココ、ココ、という鳴《な》き声《ごえ》や、羽《は》ばたきの音《おと》や、餌《えさ》をついばむ音《おと》が籠《こも》っているようだった。バアサン鶏《にわとり》が一羽《わ》だけで、羽《は》ばたきしたり餌《えさ》をついばんだりしていた。一羽《わ》だけの音《おと》は、ハッキリしているように感《かん》じられた。

その一羽《わ》も、やがて姿《すがた》を消《け》した。裏庭《うらにわ》には、むしった羽根《はね》の山《やま》があって、あたりにも羽根《はね》が散《ち》っていた。バアサン鶏《にわとり》は姿《すがた》を消《け》したのではなく、近所《きんじょ》の人《ひと》を招待《しょうたい》して引越《ひっこ》しの挨拶《あいさつ》をする日《ひ》の、煮物《にもの》の肉《にく》に姿《すがた》を変《か》えたのだった。おれは日本人《にほんじん》だから、肉《にく》が固《かた》くても鶏肉《とりにく》はやっぱりおいしい、と思《おも》いながらミツヱはそれをよく噛《か》んで食《た》べた。

母親《ははおや》から渡《わた》された風呂敷包《ふろしきづつ》みと地図《ちず》のメモを持《も》って、ミツヱは本町小学校《ほんちょうしょうがっこう》に通学《つうがく》していたころ毎日歩《まいにちある》いていた線路《せんろ》ぞいの道《みち》を歩《ある》いて行《い》き、途中《とちゅう》から今《いま》まで通《とお》ったことのない、神社《じんじゃ》の方《ほう》へ行《い》く道《みち》に曲《まが》った。その道《みち》は上《のぼ》り坂《ざか》になっていて、正面《しょうめん》のずっと奥《おく》に赤《あか》い鳥居《とりい》が見《み》えた。

ミツヱは地図《ちず》を確《たし》かめ、鳥居《とりい》に着《つ》くまでの右手《みぎて》に石段《いしだん》があるはずだ、と探《さが》しながら坂《さか》を上《のぼ》った。その地図《ちず》は、斉木亀《さいきかめ》先生《せんせい》が「この手紙《てがみ》をお母《かあ》さんに渡《わた》してちょうだい。べつに心配《しんぱい》するようなものじゃないのよ」と言《い》ってミツヱに渡《わた》した封筒《ふうとう》の中《なか》に入《はい》っていた。

手紙《てがみ》には、転校前《てんこうまえ》に一度《いちど》ゆっくりミツヱと話《はな》したいので、日曜日《にちようび》にミツヱを一人《ひとり》で家《いえ》によこしてほしいという意味《いみ》のことが書《か》いてあった。それを読《よ》んだ母親《ははおや》は、「ご挨拶《あいさつ》にうかがうつもりだったのに、なぜ一人《ひとり》でと、わざわざ点《てん》を打《う》って書《か》いてあるのかしら」と、自分《じぶん》が除《の》け者《もの》にされたような、ちょっと不満《ふまん》そうな様子《ようす》で言《い》ったのだった。

右手《みぎて》の斜面《しゃめん》の木立《こだ》ちの中《なか》に、シダなどで半分隠《はんぶんかく》れているような石段《いしだん》を見《み》つけ、ここかもしれないとミツヱは石段《いしだん》を上《のぼ》った。湿《しめ》った匂《にお》いのする薄暗《うすぐら》い木立《こだ》ちの中《なか》の石《いし》段《だん》を上《のぼ》っていくうちに、ここに違《ちが》いないと思《おも》えてきた。先《せん》生《せい》の家《いえ》にはヤモリが住《す》みついているそうだけれど、その石段《いしだん》やシダの葉蔭《はかげ》には、いかにもイモリやヤモリやトカゲがいそうだった。夏《なつ》には蛇《へび》なども出《で》そうだ。先《せん》生《せい》は校舎《こうしゃ》に大《おお》きな蛙《かえる》や蛇《へび》が出《で》てきても、あまり驚《おどろ》かなかった。

石段《いしだん》を上《のぼ》り切《き》ると、平《たい》らなところに出《で》て、すこし明《あか》るくなった。でも、平《たい》らなところにも梅《うめ》の木《き》などが何本《なんぼん》かあって、家《いえ》の裏《うら》の斜面《しゃめん》は石段《いしだん》の両側《りょうがわ》と同《おな》じような木立《こだち》になっているので、やっぱりすこし薄暗《うすぐら》い。白《しろ》い壁《かべ》と、焦茶色《こげちゃいろ》の柱《はしら》や板《いた》でできているような家《いえ》が建《た》っていた。形《かたち》は農家《のうか》に似《に》ているけれど、農家《のうか》より立派《りっぱ》で頑丈《がんじょう》そうな、古《ふる》い時代《じだい》の建物《たてもの》のような感《かん》じのする家《いえ》だった。表札《ひょうさつ》を確《たし》かめようとしたが門《もん》はなく、その家《いえ》の玄関《げんかん》がどこかもよくわからない。

「ごめんください」とミツヱは、石段《いしだん》を上《のぼ》ったところから言《い》った。

家《いえ》の真《ま》ん中《なか》にある焦茶色《こげちゃいろ》の板戸《いたど》が開《あ》いて、男《おとこ》の人《ひと》が出《で》てきた。斉木《さいき》先生《せんせい》と同《おな》じくらいの年《とし》のようだった。

「斉木先生《さいきせんせい》のうちは、ここですか?」

「ああ、こっちへどうぞ」

と男《おとこ》の人《ひと》は手招《てまね》きして歩《ある》き出《だ》した。ミツエがうしろからついていくと、石段《いしだん》のところからは見《み》えなかったが、もう一軒《けん》の小《ちい》さな家《いえ》があった。そっちは、羽目板《はめいた》でできた、濡《ぬ》れ縁《えん》のある家《いえ》だった。玄関《げんかん》もあった。

「ねえさん、お客《きゃく》さんだよ」

と男《おとこ》の人《ひと》が呼《よ》ぶと、玄関《げんかん》の引《ひ》き戸《ど》が開《あ》いて、斉木先生《さいきせんせい》が「いらっしゃい。さあ、上《あ》がって」と言《い》った。

玄関《げんかん》からまっすぐ廊下《ろうか》があったが、突《つ》き当《あた》りまでそう遠《とお》くなかった。先生《せんせい》は玄関《げんかん》からすぐ右手《みぎて》にある部屋《へや》にミツエを通《とお》してから、

「ちょっと待《ま》っててね」

と言《い》って奥《おく》へ行《い》った。先生《せんせい》の服装《ふくそう》は学校《がっこう》にいるときとあまり違《ちが》わなかった。二年《ねん》生《せい》のときは、先生《せんせい》の家《いえ》へ行《い》って、とても感《かん》じが違《ちが》うのでびっくりしたことがある。

ミツヱが通《とお》された部屋《へや》は四畳半《じょうはん》で、隣《とな》りの六畳間《じょうま》か八畳間《じょうま》らしい部屋《へや》との間《あいだ》の襖《ふすま》は開《あ》いていた。むこうの部屋《へや》に濡《ぬ》れ縁《えん》があるらしく、庭《にわ》に面《めん》して窓《まど》のあるこっちの部屋《へや》より明《あか》るい。

ミツヱは四畳半《じょうはん》を見《み》まわした。置《お》いてあるのは、ガラス戸《ど》のついた本箱《ほんばこ》が一つと、坐《すわ》り机《づくえ》が一つ。そして、縁《ふち》にレースの付《つ》いた白《しろ》いテーブルクロスを掛《か》けた座卓《ざたく》は、今日《きょう》だけ出《だ》したお客様用《きゃくさまよう》らしく、それがあるせいで部屋《へや》はいっぱいだった。座卓《ざたく》の上《うえ》には、ミカンの入《はい》っているカゴが置《お》いてあった。

むこうの部屋《へや》には、洋服《ようふく》ダンスや、戸《と》のついていない本棚《ほんだな》などが見《み》えた。四畳半《じょうはん》の壁《かべ》には、額《がく》に入《はい》った絵《え》があった。ミツヱはこんな部屋《へや》を、どこかで見《み》たことがあるような気《き》がした。関《せき》のぼるのお姉《ねえ》さんの部屋《へや》に似《に》ているようだった。

先生《せんせい》はお盆《ぼん》を持《も》って戻《もど》ってくると、ミツヱの前《まえ》にお茶《ちゃ》と、大《おお》きなお団子《だんご》のようなものがのっているお皿《さら》を並《なら》べながら、「お母《かあ》さんは、お引越《ひっこ》しの準備《じゅんび》で大変《たいへん》でしょう」と言《い》った。

荷造《にづく》りの山《やま》があちこちにある家《いえ》を思《おも》い出《だ》して、ミツヱは「はい」と答《こた》えた。

「どうぞ召《め》し上《あ》がれ」

と言《い》ってから、先生《せんせい》は考《かんが》え考《かんが》え言《い》うような、ゆっくりした口調《くちょう》で話《はな》し始《はじ》めた。

「先生《せんせい》はね、永井《ながい》さんが東京《とうきょう》へ行《い》くのは、とてもいいことだと思《おも》うの。この小《ちい》さな町《まち》では、競争相手《きょうそうあいて》もいないでしょう」

と先生《せんせい》が言《い》ったので、ミツヱは、それは関《せき》のぼるのように、それ以上《いじょう》の人《ひと》がいないような人《ひと》に言《い》うことで、自分《じぶん》には当《あ》てはまらないと思《おも》った。最初《さいしょ》にそんなことを言《い》われたので、ちょっとびっくりした。

「永井《ながい》さんは、もっともっと伸《の》びる子《こ》だと思《おも》います。こんど永井《ながい》さんが転入《てんにゅう》する学《がっ》校《こう》の三年生《ねんせい》は、一組《ひとくみ》六十人《にん》で、四組《くみ》まであります。二百四十人《にひゃくよんじゅうにん》ね。今《いま》までは一組《ひとくみ》だけで二十人《にん》だったでしょう。いろいろ戸惑《とまど》うことがあると思《おも》うの。でもね、自信《じしん》を持《も》ってやっていけば、どんどん伸《の》びていきますよ。そのことを言《い》うために、今日《きょう》来《き》てもらったの」

先生《せんせい》はテーブルの上《うえ》に、書類《しょるい》のようなものを広《ひろ》げた。

「ほんとうは先生《せんせい》ね、三年生《ねんせい》の受《う》け持《も》ちになったとき、ちょっと心配《しんぱい》したんですよ。二年生《ねんせい》からの申《もう》し送《おく》りに、永井《ながい》さんはあんまり話《はなし》もしない、おとなしい子《こ》で、先生《せんせい》が何《なに》か話《はな》しかけると、返事《へんじ》をする前《まえ》に涙《なみだ》ぐんでしまうと書《か》いてあったの。でも受《う》け持《も》ってみたらそんなことはなくて、いろいろなことをキッカケにして、どんどん伸《の》びていったわね。顔《かお》も明《あか》るくなって、言葉《ことば》もはっきりしていく、それが眼《め》に見《み》えるようでしたよ」

二年生《ねんせい》のときの先生《せんせい》は、すぐ返事《へんじ》をしないといけないような先生《せんせい》だった、とミツヱは思《おも》い出《だ》した。

「ちょっと手《て》を出《だ》してみて」

と先生《せんせい》は言《い》った。何《なに》をするのだろうと思《おも》いながらミツヱは、手《て》をそろえて出《だ》した。

「ああ、指《ゆび》もすっかりきれいになっていますねえ。二年生《ねんせい》のときは指先《ゆびさき》を噛《か》む癖《くせ》があって、指先《ゆびさき》がただれていたでしょう。三年生《ねんせい》の初《はじ》めのころも、ときどき指《ゆび》を噛《か》んでいたけど、ねえ永井《ながい》さん、何《なに》かとってもこわいことや、心配《しんぱい》なことがあった？　もしよかったら、何《なに》か一つ、こわかったことを先生《せんせい》に話《はな》してみて」

ミツヱは、いろいろなこわいことを思《おも》い出《だ》した。どれを話《はな》しても、長《なが》い時間《じかん》がかかりそうだった。うまく話《はな》せないような気《き》もした。

「おにいちゃんが入院《にゅういん》していたとき、一人《ひとり》で留守番《るすばん》していて、一人《ひとり》で寝《ね》るのがこわかったです」

とミツヱは言《い》った。

「そう。いつごろ？」

「一年生《ねんせい》に入《はい》る前《まえ》」

「そんなに小《ちい》さくて、おにいちゃんが病気《びょうき》したり、一人《ひとり》で留守番《るすばん》したりしていたら、いろんな心配《しんぱい》や、こわいことがあったんでしょうねえ。でも、一人《ひとり》で留守番《るすばん》できたなんて、とてもえらいわ。永井《ながい》さんは、そんなことができる子《こ》だったのよ。自分《じぶん》のこと、そんなふうに考《かんが》えたことありませんか？」

そんなこと考《かんが》えたこともなかった。ミツヱは首《くび》を振《ふ》った。

「そう考《かんが》えてごらんなさい。そうすると胸《むね》の中《なか》に、そうねえ、このミカンのような、お陽様《ひさま》のようなものが浮《う》かんできますよ。眼《め》を閉《と》じて、やってごらんなさい」

ミツヱは眼《め》を閉《と》じた。なんだか先生《せんせい》は、「ゆうれい会《かい》」だか「れいゆう会《かい》」だか、それから何《なん》と言《い》うのか知《し》らないけれど、いろいろある宗教《しゅうきょう》の信者《しんじゃ》か何《なに》かで、おれに何《なに》かしようとしているのではないかと、すこし不安《ふあん》になった。

「眼《め》をあけていいわよ。どう?」

ミツヱは首《くび》を傾《かし》げた。

「今《いま》すぐには、わからなくてもいいの。この町《まち》で、永井《ながい》さんには、いろいろなつらいことがあったかもしれないけど、うれしいこともあったでしょう。何《なに》か一つ、先《せん》生《せい》に聞《き》かせて」

ミツヱは鉄棒《てつぼう》で逆上《さかあ》がりができたときのことを思《おも》い出《だ》した。

「逆上《さかあ》がりができたとき、うれしかったです」

「ああ」と先生《せんせい》は、さもうれしそうな顔《かお》をした。おれは先生《せんせい》のねらっていたとおりのことを言《い》ったらしい、とミツヱは思《おも》った。

「それはうれしかったでしょうねえ。自分《じぶん》で頑張《がんば》って、できるようになったんですものねえ。前《まえ》にはできなかったことが、できるようになったんですものねえ。そういう、うれしかったことをたくさん持《も》って、つらかったことはみんなこの町《まち》に置《お》いて、東京《とうきょう》へ行《い》けるといいですねえ」

先生《せんせい》はしばらく黙《だま》っていた。それから急《きゅう》に「これ、召《め》し上《あ》がれ」と言《い》った。

お皿《さら》にのっている大《おお》きなお団子《だんご》のようなものは、ミツヱが今《いま》まで見《み》たことのないような、ひらべったい、茶色《ちゃいろ》い柔《やわ》らかそうなものだった。先生《せんせい》は自分《じぶん》から先《さき》に、それを手《て》で持《も》って食《た》べた。あまりおいしそうではなかったが、ミツヱも食《た》べてみた。黒砂糖《くろざとう》の味《あじ》と、何《なに》か粒々《つぶつぶ》の歯《は》ざわりのある、お餅《もち》のようなもので、歯《は》にくっついた。先生《せんせい》は口《くち》をもぐもぐした。ミツヱはなんだか、とても不思議《ふしぎ》なものを見《み》ているような気《き》がした。自分《じぶん》がとても変《へん》な場所《ばしょ》にいるような気《き》がした。つらかったことを一つとか、うれしかったことを一つとか、言《い》わせた意味《いみ》もよくわからなかった。もしかしたら先生《せんせい》は「もうろく」しているのではないかとも思《おも》った。

「転校先《てんこうさき》には、永井《ながい》さんのことをよくわかってもらえるように、申《もう》し送《おく》りを書《か》いておきます。東京《とうきょう》で、永井《ながい》さんのことをよくわかってくれるお友達《ともだち》や先生《せんせい》に会《あ》えるといいですね」

と言《い》ってから先生《せんせい》は、

「何《なに》かお餞別《せんべつ》の品物《しなもの》をあげたいと思《おも》ったんですけど、これといったものが、もうあんまりなくて。見《み》てちょうだい」

と言《い》って天井《てんじょう》の方《ほう》を指《ゆび》さした。ミツヱは先生《せんせい》の指《ゆび》の先《さき》の方《ほう》を見《み》た。さっきは薄暗《うすぐら》い部屋《へや》に眼《め》が慣《な》れていないせいか気《き》がつかなかったが、鴨居《かもい》の上《うえ》にずらりと写真《しゃしん》が並《なら》んでいた。ほとんどが個人《こじん》の写真《しゃしん》ではなく、小学生《しょうがくせい》らしい生徒《せいと》たちの卒業記念写《そつぎょうきねんしゃ》真《しん》のようなものだった。

「教《おし》え子《ご》たちがこんなに沢山《たくさん》いてね。その子《こ》たちが出征《しゅっせい》するたびに、お餞別《せんべつ》に何《なに》かあげていたら、どんどんなくなってしまいました。ずいぶん大勢《おおぜい》の子《こ》たちでした」

先生《せんせい》はすこし笑《わら》うような顔《かお》をした。出征《しゅっせい》というのは戦争《せんそう》に行《い》くことだ、とミツヱは思《おも》った。

「それでね、こんなものなんですけど」

と手《て》を伸《の》ばして、坐《すわ》り机《づくえ》の上《うえ》に置《お》いてあった厚《あつ》い本《ほん》のようなものを手《て》に取《と》った。

「さんざん私《わたし》が使《つか》ったもので、ボロボロになってしまいましたけど」

と先生《せんせい》はそれを座卓《ざたく》の上《うえ》に置《お》き、ミツヱの方《ほう》に押《お》して寄越《よこ》した。紺色《こんいろ》の布表紙《ぬのびょうし》に金色《きんいろ》の文字《もじ》で『言典《げんてん》』と書《か》いてあったが、その金色《きんいろ》はところどころ剥《は》げていて、押《お》しつけたような型《かた》だけになっていた。表紙《ひょうし》の背中《せなか》のところもすり切《き》れて糸《いと》が出《で》たり、横《よこ》や上下《じょうげ》も黒《くろ》ずんでいて、形《かたち》はつぶれたマッチ箱《ばこ》よりグニャッとした、なんだか枕《まくら》のような形《かたち》になっていた。

「使《つか》い古《ふる》しの辞典《じてん》ですけど、お餞別《せんべつ》にもらってちょうだい」

これといったものは、もうあんまり残《のこ》っていないというのに、もらってもいいのだろうかと、ミツヱはためらった。

「辞書《じしょ》は学校《がっこう》にもありますから、いいんですよ」

「はい。ありがとうございます」

と言《い》って、ミツヱはそれを自分《じぶん》の手《て》に取《と》った。表紙《ひょうし》には、先生《せんせい》の手《て》の脂《あぶら》や手垢《てあか》が付《つ》いているようで、ちょっと気持《きも》ちが悪《わる》いような気《き》もした。いったい何年間《なんねんかん》使《つか》ったら、こんなふうになるのか、見当《けんとう》もつかなかった。

ミツヱは帰《かえ》ろうとして、母親《ははおや》からの菓子折《かしおり》を渡《わた》すのを忘《わす》れていたことに気《き》がついた。風呂敷《ふろしき》を解《ほど》いてそれを差《さ》し出《だ》すと、

「どうもありがとう。お母《かあ》さんによろしくね」

と言《い》って先生《せんせい》はそれを受《う》け取《と》り、

「ちょっと風呂敷《ふろしき》を貸《か》してちょうだい。今日《きょう》はとうじでユズ湯《ゆ》の日《ひ》ですから、ユズをあげましょう。庭《にわ》で一緒《いっしょ》に取《と》りましょう」

と言《い》い、下駄《げた》を履《は》いて庭《にわ》へ出《で》た。手入《てい》れをする人《ひと》がいないのか、庭《にわ》は草地《くさち》のよう

になっていた。黄橙色《きだいだいいろ》の実《み》がなっている木《き》の下《した》へ行《い》くと、先生《せんせい》はミツヱに、

「手《て》の届《とど》くところからお取《と》りなさい」

と言《い》い、自分《じぶん》でも取《と》った。ユズの実《み》のいい匂《にお》いが、あたりに漂《ただよ》った。

ゴロゴロして重《おも》い風呂敷包《ふろしきづつ》みを持《も》ったミツヱを先生《せんせい》は石段《いしだん》のところまで送《おく》ってくれたが、ミツヱは先生《せんせい》の歩調《ほちょう》に合《あ》わせてゆっくりと歩《ある》かなければならなかった。

線路《せんろ》ぞいの道《みち》に出《で》ると、ミツヱはホッとした。ヤモリにも蛇《へび》にも驚《おどろ》かなかった先生《せんせい》が、大山澄子《おおやますみこ》がウサギを逃《に》がしたとき、責《せ》めるような大人《おとな》たちにむかって、「たかがウサギ一匹《ぴき》」と言《い》ったのは、筋《すじ》が通《とお》っていると思《おも》ったこと、先生《せんせい》がうろたえるときは、自分《じぶん》に責任《せきにん》がかかってくるのではないかと思《おも》ってうろたえるのではないらしい様子《ようす》が好《す》きだったこと、などを言《い》うことができなかったのが残念《ざんねん》な気《き》がした。

家《いえ》に帰《かえ》って風呂敷包《ふろしきづつ》みをあけると、ユズは七つ入《はい》っていた。台所《だいどころ》にはすでに、ユズが二つあった。町内《ちょうない》の世話人《せわにん》のような機屋《はたや》の綾子《あやこ》のお祖母《ばあ》さんが、毎年《まいとし》、節分《せつぶん》のときの鰯《いわし》の頭《あたま》を刺《さ》したヒイラギと、ユズ湯《ゆ》のときのユズを持《も》ってきてくれるのだ。

「今日《きょう》はユズ大尽《だいじん》だな」と良治《りょうじ》が言《い》った。

「今日《きょう》は何《あん》の日《ひ》？」とミツヱは良治《りょうじ》に聞《き》いた。

「ユズ湯《ゆ》の日《ひ》だんべ」

「そうじゃなくて、何《あん》だかの日《ひ》だから、ユズ湯《ゆ》に入《へえ》るんだよ」

ミツヱは先生《せんせい》の言《い》ったことを思《おも》い出《だ》そうとしたが、思《おも》い出《だ》せなかった。台所《だいどころ》の日《ひ》めくり暦《ごよみ》を見《み》ると、「冬至《とうじ》」と書《か》いてあった。そうだ「とうじ」と言《い》ったのだと思《おも》い、『言典《げんてん》』で「とうじ」を引《ひ》いてみた。一年《ねん》で一番昼《いちばんひる》が短《みじか》くて夜《よる》が長《なが》い日《ひ》だとわかったので、ミツヱはうれしくなった。「冬至《とうじ》」のつぎのつぎに「湯治《とうじ》」が出《で》ていた。

「今日《きょう》は冬至《とうじ》だ。冬至《とうじ》の日《ひ》はユズ湯《ゆ》で湯治《とうじ》するんだ」

とミツヱが良治《りょうじ》に言《い》うと、良治《りょうじ》は「お前《めえ》、何言《あにい》ってんだ」と言《い》った。

ほかに何《なに》か引《ひ》いてみる言葉《ことば》はないだろうかとミツヱは考《かんが》え、「おき」を引《ひ》いてみたが、それは出《で》ていなかった。

ミツヱは夕方《ゆうがた》までずっと、手当《てあた》りしだいにページを開《ひら》いて『言典《げんてん》』を読《よ》んだ。面《おも》白《しろ》くて飽《あ》きなかった。夕方《ゆうがた》になると、お風呂《ふろ》を焚《た》きながら薪《たきぎ》の明《あか》りで読《よ》みつづけた。

毎朝《まいあさ》家《いえ》から第二小学校《だいしょうがっこう》へ行《い》くときに渡《わた》った踏切《ふみき》りを、引越《ひっこ》しのトラックが渡《わた》ったとき、ミツヱは、踏切《ふみき》りを通過《つうか》していく電車《でんしゃ》の前照灯《ぜんしょうとう》を思《おも》い出《だ》した。

宝《たから》くじのことで母親《ははおや》が神経衰弱《しんけいすいじゃく》になったとき、夕方《ゆうがた》、訪《たず》ねていった先《さき》から家《いえ》の近《ちか》くまで帰《かえ》ってきて、踏切《ふみき》りのところで電車《でんしゃ》の通過《つうか》を待《ま》っていたミツヱは、前照灯《ぜんしょうとう》の明《あか》りがだんだん近《ちか》づいてきて踏切《ふみき》りを照《て》らした瞬間《しゅんかん》、明《あか》りの中《なか》にすいこまれそうになったことがある。横《よこ》に通過《つうか》していく明《あか》りと、進《すす》んでいく自分《じぶん》が十文字《じゅうもんじ》に交差《こうさ》するような気《き》がした。じっさいには一歩《ぽ》も動《うご》いてはいなかったけれど。それからしばらくはその踏切《ふみき》りを渡《わた》るとき、レールを踏《ふ》まず、いちいち跨《また》いでいることを確《たし》かめないと進《すす》めなかった。その癖《くせ》も、いつの間《ま》にか治《なお》っていた。

トラックは、直進《ちょくしん》の第二小学校《だいしょうがっこう》への道《みち》でも、左《ひだり》の本町方向《ほんちょうほうこう》でもなく、右《みぎ》に曲《まが》って東京方向《とうきょうほうこう》へと街道《かいどう》を走《はし》った。

父親《ちちおや》は運転台《うんてんだい》の助手席《じょしゅせき》に乗《の》った。あとの四人《にん》は荷台《にだい》に乗《の》った。幌《ほろ》をかけた薄暗《うすぐら》い荷台《にだい》で、母親《ははおや》は伸治《しんじ》を抱《だ》き、タンスに寄《よ》りかかって眼《め》を閉《と》じていた。良治《りょうじ》は両手《りょうて》で膝《ひざ》を抱《だ》き、その上《うえ》に顔《かお》を伏《ふ》せていた。

ミツヱはなんだか、達治《たつじ》にいちゃんが「ミッターン」と呼《よ》びながら、トラックを追《お》ってきているような気《き》がした。トラックがスピードを上《あ》げるにつれて、達治《たつじ》との距離《きょり》が離《はな》れていくような気《き》がした。母親《ははおや》も良治《りょうじ》も、同《おな》じことを感《かん》じているような気《き》がした。

ミツヱたち一家《いっか》はクリスマスイブの日《ひ》に、本町《ほんちょう》のお寺《てら》にある、達治《たつじ》のお墓《はか》へ行《い》ってきたのだった。

やがて良治《りょうじ》が顔《かお》を上《あ》げ、大《おお》きく息《いき》をついた。もう達治《たつじ》にいちゃんは追《お》いつけないほど離《はな》れてしまい、あの町《まち》に帰《かえ》っていったのだとミツヱは思《おも》った。

ミツヱは引越《ひっこ》しを見送《みおく》りに来《き》ていた人々《ひとびと》を思《おも》い出《だ》した。近所《きんじょ》の人達《ひとたち》。ミツヱの友達《ともだち》。良治《りょうじ》の友達《ともだち》。野村先生《のむらせんせい》も、看護婦《かんごふ》の木村《きむら》さんと一緒《いっしょ》に来《き》ていた。橋本先生《はしもとせんせい》も来《き》た。金沢先生《かなざわせんせい》と一緒《いっしょ》に来《く》るかもしれないと思《おも》ったが、一人《ひとり》で来《き》ていた。

橋本先生《はしもとせんせい》は父親《ちちおや》と母親《ははおや》に短《みじか》い挨拶《あいさつ》をし、良治《りょうじ》とミツヱに「頑張《がんば》れよ、元気《げんき》でな」と言《い》った以外《いがい》はあまり話《はなし》をしなかったが、ミツヱたちが荷台《にだい》に乗《の》るとき、先《さき》に荷台《にだい》に跳《と》び乗《の》り、四人《にん》を引《ひ》っぱり上《あ》げてくれたのだった。

最初《さいしょ》にミツヱが、トラックのうしろに付《つ》いている折《お》り畳《たた》み式《しき》の足台《あしだい》に足《あし》を掛《か》け、先生《せんせい》に引《ひ》っぱってもらって乗《の》った。つぎに良治《りょうじ》。そのつぎに母親《ははおや》が差《さ》し出《だ》した伸治《しんじ》を受《う》け取《と》って乗《の》せ、それから母親《ははおや》の手《て》を取《と》って引《ひ》っぱり上《あ》げたのだった。それから先生《せんせい》は跳《と》びおり、見送《みおく》りの人々《ひとびと》の中《なか》に戻《もど》って見《み》ていた。ミツヱの手《て》にはまだ、先生《せんせい》の手《て》の感触《かんしょく》が残《のこ》っていた。母親《ははおや》の手《て》にも残《のこ》っているだろうと思《おも》った。

ミツヱはさっき関《せき》のぼるたちから小《ちい》さな箱《はこ》をもらったことを思《おも》い出《だ》し、横《よこ》に置《お》いておいた手《て》さげ袋《ぶくろ》の中《なか》から、懐中電灯《かいちゅうでんとう》とその箱《はこ》を取《と》り出《だ》し、電灯《でんとう》で照《て》らしながら箱《はこ》をあけてみた。

関《せき》のぼるからのものは、マリア様《さま》の絵《え》が書《か》いてあるカードだった。ミツヱは子《こ》どもクリスマス会《かい》には行《い》けなかったのだ。

小田薫《おだかおる》からのもクリスマスカードだったが、ヒイラギの葉《は》に赤《あか》い実《み》がついていて、英語《えいご》が書《か》いてあった。日本《にほん》ではヒイラギは節分《せつぶん》に鰯《いわし》を刺《さ》すけれど、アメリカでは赤《あか》い実《み》をつけるのだろうかとミツヱは考《かんが》えた。

コッペからのは、スズランの模様《もよう》のある便箋《びんせん》。高橋京子《たかはしきょうこ》からのも同《おな》じ便箋《びんせん》だった。それぞれの便箋《びんせん》やカードに、お別《わか》れの言葉《ことば》が書《か》いてあった。そして箱《はこ》の中《なか》には、リボンやビーズの指輪《ゆびわ》も入《はい》っていた。

しばらくそれを見《み》てから手《て》さげ袋《ぶくろ》の中《なか》にしまい、懐中電灯《かいちゅうでんとう》を消《け》した。そして大山《おおやま》澄子《すみこ》たちのことを考《かんが》えた。

終業式《しゅうぎょうしき》の日《ひ》も、澄子《すみこ》はミツヱと眼《め》を合《あ》わせなかった。口《くち》もきかなかった。澄子《すみこ》たちは十何人《なんにん》かの中《なか》に四人《にん》で入《はい》ってきたのだけれど、自分《じぶん》は二百四十人《にひゃくよんじゅうにん》の中《なか》に一人《ひとり》で入《はい》っていくのだと思《おも》うと、ミツヱは不安《ふあん》になった。眼《め》を閉《と》じて「ミカンのような太《たい》陽《よう》」を心《こころ》に思《おも》い浮《う》かべようとしたが、太陽《たいよう》はなかなか浮《う》かんでこなかった。

トラックは小《こ》きざみに震動《しんどう》していた。荷物《にもつ》に寄《よ》りかかって眼《め》を閉《と》じ、ドミドミソドドドと膝《ひざ》の上《うえ》で指《ゆび》を動《うご》かしているうちに、ミツヱは眠《ねむ》ってしまった。

新《あたら》しい家《いえ》に着《つ》いたのは夕方《ゆうがた》だった。今《いま》までの家《いえ》では裏《うら》の方《ほう》に夕日《ゆうひ》が沈《しず》むのに、新《あたら》しい家《いえ》では正面《しょうめん》の道《みち》のむこうに見《み》える雑木林《ぞうきばやし》の梢《こずえ》に、ミカンのような夕日《ゆうひ》が沈《しず》みかけていた。ミツヱはなんだか、東京《とうきょう》では西《にし》から太陽《たいよう》が出《で》て、東《ひがし》に沈《しず》むような気《き》がした。

三学期《がっき》の始業式《しぎょうしき》の日《ひ》、ミツヱは六十人《にん》の同級生《どうきゅうせい》の前《まえ》に立《た》ち、「おれ」と言《い》わないように気《き》をつけて言《い》った。

「わたしは永井《ながい》ミツヱです。どうぞよろしくおねがいします」

カルシウム

岩《いわ》瀬《せ》成子《じょうこ》

月夜《つきよ》の晩《ばん》、猫《ねこ》は、やっぱり行《い》かなきゃならんと立《た》ちあがった。気分《きぶん》がひどく悪《わる》かった。さっきから、なんだかどうも、このまま死《し》んでしまいそうな気《き》がしていた。死《し》ぬのかと思《おも》うと、こわくなった。一旦《いったん》こわくなると、ますますこわさがつのった。とにかく、ここでこのまま、のたれ死《じ》ぬのはいやだ。よろよろと猫《ねこ》は寝床《ねどこ》を出《で》ていった。

根城《ねじろ》にしている古《ふる》い旅館《りょかん》の、裏階段《うらかいだん》の下《した》を出《で》るのはひさしぶりのことだった。旅館《りょかん》は坂《さか》の上《うえ》に立《た》っていた。破《やぶ》れた雨樋《あまどい》はたれさがり、裏《うら》の窓《まど》はほこりだらけ、ほうり出《だ》されたバケツにはどろりとした水《みず》がたまっていた。いかにもはやりそうもない旅館《りょかん》だったが、それでも客《きゃく》はときおりあった。

その客《きゃく》のたてる物音《ものおと》を、使《つか》われない裏階段《うらかいだん》の下《した》で、遠《とお》い音楽《おんがく》のように聞《き》きながら、猫《ねこ》はひっそり暮《く》らしてきた。

エサをくれはじめたのは旅館《りょかん》の娘《むすめ》だったが、その娘《むすめ》もこのごろでは、ほかのことに気移《きうつ》りして、猫《ねこ》のことなど見向《みむ》きもしなかった。なにかの拍子《ひょうし》に顔《かお》を合《あ》わせることがあると、「わあ、きったない。それにくさあい。あんた腐《くさ》ったものでもひろい食《ぐ》いしてるんじゃないの。気持《きも》ち悪《わる》ぅ」と、抱《だ》きあげるどころか、汚物《おぶつ》でも見《み》るように猫《ねこ》を見《み》て、追《お》い払《はら》った。

外《そと》はぐっと冷《ひ》え込《こ》んでいた。猫《ねこ》は身震《みぶる》いをした。「ああ」と、三歩《ぽ》ほど歩《ある》いてうめき声《ごえ》をあげた。どこかに、と猫《ねこ》はいつものように思《おも》おうとした。どこかにきっとあるはずの、そここそ我《わ》が家《や》と呼《よ》べるようなあったかい家《いえ》。その家《いえ》のことをこれまで何度《なんど》も思《おも》い返《かえ》してきた。その家《いえ》のことを思《おも》えば、気持《きも》ちはいつもいくらかあったまった。だが今夜《こんや》ばかりは、どうにもだめだった。そんなもの、どこにもあるはずない、と黒《くろ》い雲《くも》が頭《あたま》の中《なか》に広《ひろ》がった。

旅館《りょかん》の前庭《まえにわ》には小《ちい》さな池《いけ》があった。緑色《みどりいろ》の水《みず》がたまっていて、亀《かめ》が一匹《ぴき》住《す》んでいた。いったいいつから住《す》んでいるのか、いつも口《くち》からぶくぶく泡《あわ》をふいている。その亀《かめ》が池《いけ》の縁石《えんせき》にあがっていた。

猫《ねこ》はそばにたたずんで、しばらくつやつやした亀《かめ》を見《み》ていた。亀《かめ》はじっと動《うご》かなかった。

「おい」と、たまらなくなって猫《ねこ》は声《こえ》をかけた。「苦《くる》しくないか」

亀《かめ》は横《よこ》をむいたままだった。

「なんかこう、ぐさっとくる感《かん》じ、しないか？　つらいような、おそろしいような。ずるずる体《からだ》じゅうの皮《かわ》がむけていくような」

「ほう」亀《かめ》は泡《あわ》をふきながら横《よこ》をむいたまま言《い》った。「背《せ》中《なか》にナイフでも突《つ》きたてられてるんじゃないのか」

「しっぽの先《さき》から腐《くさ》ってくるような」

「じゃあ、悪《わる》い病気《びょうき》じゃろ。あんたみたいな生活《せいかつ》してちゃ、病気《びょうき》になるのがあたりまえ。ぜんぜん歩《ある》かん。野菜《やさい》も食《た》べん。みんなの輪《わ》にも入《はい》らん」

亀《かめ》は首《くび》をのーんと伸《の》ばすと、右《みぎ》を見《み》て、左《ひだり》を見《み》て、また右《みぎ》を見《み》て、そしてどぼんと池《いけ》に帰《かえ》っていった。

猫《ねこ》は旅館《りょかん》を出《で》て、よろよろと、のろのろと坂《さか》をくだっていった。通《とお》りには冷《つめ》たい師走《しわす》の風《かぜ》がふいていた。

気分《きぶん》はますます悪《わる》かった。ときおり、ひきつれるように震《ふる》えもきた。気持《きも》ちの悪《わる》い唾《つば》もわいてくる。悪《わる》い疫病《えきびょう》にかかっているのかもしれない。オレはやっぱり死《し》ぬのかもしれない。猫《ねこ》は坂《さか》の下《した》の薬局《やっきょく》までようやくたどり着《つ》くと、どろどろとうずくまった。

どれほど時間《じかん》がたっただろう。猫《ねこ》はうっすら目《め》をあけた。まっ暗《くら》な川《かわ》を泳《およ》いでいる夢《ゆめ》を見《み》ていた。たしかオレは、気分《きぶん》がひどく悪《わる》くてここまで薬《くすり》を買《か》いに来《き》たんだった。しっぽの先《さき》が焼《や》けるように痛《いた》んでいる。

猫《ねこ》は薬局《やっきょく》を見《み》あげたが、店《みせ》はとっくにしまっていて、まっ暗《くら》だった。薬《くすり》がないとすると、と猫《ねこ》は考《かんが》えた。頭《あたま》をよぎったのは、疫病《えきびょう》にはカエルの丸呑《まるの》みが効《き》くという話《はなし》。ああ、でも、それだけはだめだ。カエルはいやだ。ひくひくする白《しろ》い腹《はら》を見《み》ただけで、背中《せなか》の毛《け》が逆立《さかだ》ってくる。

なにかがきらっと光《ひか》った気《き》がして目《め》をやると、そばの電柱《でんちゅう》の陰《かげ》に、小《ちい》さなビンがころがっていた。まるでわたしを見《み》つけてくださいと言《い》っているように、口《くち》をこちらにむけ、蓋《ふた》がはずれていた。そろそろ近《ちか》づくと、中《なか》から甘《あま》いにおいがした。

そのにおいをかぎながら、猫《ねこ》は目《め》をとじた。すると自然《しぜん》に、どこかにあるはずの、あのぬくぬくとした家《いえ》が頭《あたま》にうかんだ。暖《あたた》かいコタツにストーブ。毛足《けあし》の長《なが》いじゅうたん。心《こころ》やさしい家《いえ》の住人《じゅうにん》。猫《ねこ》はにおいを深《ふか》く吸《す》い込《こ》んでは、その家《いえ》のテーブルに並《なら》んでいるはずの、魚《さかな》の塩焼《しおや》きやチーズのことを、すがりつくように思《おも》った。

茶色《ちゃいろ》の小《こ》ビンを投《な》げ捨《す》てた男《おとこ》の子《こ》の部屋《へや》は、薬局《やっきょく》の向《む》かいの二階《かい》にあった。男《おとこ》の子《こ》は暗《くら》い部屋《へや》の寝床《ねどこ》の中《なか》で、さっきから、なんとかして眠《ねむ》ろうとしていた。なのにどうしても眠《ねむ》れないのだった。その子《こ》は九歳《さい》だったが、いまだに暗《くら》い部屋《へや》で眠《ねむ》ることができないのだ。部屋《へや》の輪郭《りんかく》が消《き》えて暗闇《くらやみ》がどこまでもつづいていそうな気《き》がする。闇《やみ》にまぎれて何《なに》かがこっそり部屋《へや》に入《はい》ってくるかもしれない。眠《ねむ》ったが最後《さいご》、幽霊《ゆうれい》となって自分《じぶん》にとりつくんじゃないか。そう思《おも》うと恐《こわ》くて目《め》を閉《と》じることもできなかった。

小《こ》ビンは、男《おとこ》の子《こ》の飲《の》んでいたカルシウムのビンだった。甘《あま》い味《あじ》をまぶした錠剤《じょうざい》が入《はい》っていた。男《おとこ》の子《こ》は背《せ》がほかの子《こ》より低《ひく》かったので、それをひどく心配《しんぱい》した両《りょう》親《しん》は、牛乳《ぎゅうにゅう》を飲《の》ませ、煮干《にぼ》しや、胡麻《ごま》を食《た》べさせ、その上《うえ》さらに、カルシウムの錠《じょう》剤《ざい》を飲《の》むように言《い》いつけていた。

「九歳《さい》にもなって、電気《でんき》をつけっぱなしで寝《ね》る子《こ》なんていやしません。そんな赤《あか》ちゃんみたいなことを言《い》ってるから、背《せ》も伸《の》びないのよ」

さっき台所《だいどころ》で、母親《ははおや》にそう言《い》われたのだ。するととたんに男《おとこ》の子《こ》はかっとなって、カルシウムのビンをつかむと、窓《まど》から投《な》げ捨《す》ててしまったのだった。

けれど、そんなことでは親《おや》には勝《か》てっこなかった。

母親《ははおや》は、ビンが地面《じめん》にぶつかる音《おと》を聞《き》いても、表情《ひょうじょう》ひとつ変《か》えなかった。

「わかりました」母親《ははおや》は窓《まど》をぴしゃんと閉《し》めた。

「カルシウムは飲《の》まないのね。じゃあ、もうすっかり大《おお》きいんだから、今夜《こんや》から電《でん》気《き》を消《け》しておやすみなさい」
男《おとこ》の子《こ》はビンを投《な》げ捨《す》てたことを後悔《こうかい》しながら、寝床《ねどこ》で目《め》をあけていた。窓《まど》のカーテンはしめずにおいたので、月《つき》の光《ひかり》は部屋《へや》の奥《おく》まで差《さ》し込《こ》んでいたが、それでもやっぱり暗闇《くらやみ》が部屋《へや》をつつんでいるようで、目《め》を閉《と》じることはできなかった。

猫《ねこ》は、このビンをねぐらに持《も》って帰《かえ》ろうと思《おも》った。さがしていたのはこのビンだったにちがいない。これがあれば、ずるずる皮《かわ》がむけるような気持《きも》ちが消《き》えるかもしれない。このにおいをかいでいれば、しっぽもなんとかもちこたえてくれるかもしれない。なんとか前《まえ》よりしあわせな気持《きも》ちになれそうな気《き》がする。げんに、さっきよりも、いくらか気分《きぶん》はよくなった気《き》がする。この甘《あま》いにおいを深《ふか》く吸《す》って目《め》を閉《と》じれば、暖《あたた》かい部屋《へや》がすぐそこにあるような気《き》がする。そうして、あの階段《かいだん》の下《した》でもなんとかやっていけそうな気《き》がする。無神経《むしんけい》な亀《かめ》とだって、生意気《なまいき》な娘《むすめ》とだってなんとかうまくやれそうな気《き》がする。みんなの輪《わ》にも入《はい》れそうな気《き》がする。

猫《ねこ》は坂道《さかみち》を見《み》あげた。くだるときにはなんとも思《おも》わなかった坂道《さかみち》が、こうして月《つき》明《あ》かりに照《て》らされて白《しろ》く光《ひか》っているのを見《み》ると、えらく長《なが》い道《みち》のりに思《おも》えた。白《しろ》く輝《かがや》く川《かわ》のようにも見《み》えた。そばに立《た》っている梅《うめ》の老木《ろうぼく》の影《かげ》が、白《しろ》い川《かわ》にだんだら模《も》様《よう》を描《えが》いていた。

猫《ねこ》は小《こ》ビンをつんところがした。

すると、何《なに》かがビンの中《なか》からぽろぽろっとこぼれ出《で》た。猫《ねこ》はとっさに、ころがる小《ちい》さなものを押《お》さえようとした。

ところが、それは猫《ねこ》の手《て》をよけた。それればかりか、すたすたと進《すす》んでいく。一つ二つじゃない。いくつもいくつも自分《じぶん》でビンの中《なか》から歩《ある》いて出《で》てくる。猫《ねこ》はぎょっとした。と同時《どうじ》に思《おも》わずうなり声《ごえ》をあげて、低《ひく》く身構《みがま》えずにはいられなかった。

歩《ある》いていくのは小《ちい》さな小《ちい》さな少年《しょうねん》たちだった。白《しろ》い服《ふく》を着《き》て、白《しろ》い帽《ぼう》子《し》をかぶって。小《ちい》さな白《しろ》い靴《くつ》もはいている。どの少年《しょうねん》も元気《げんき》よく、笑《わら》っているようにも見《み》えた。先頭《せんとう》を行《い》く少年《しょうねん》は、手《て》にとっても小《ちい》さな懐中電灯《かいちゅうでんとう》を持《も》っていた。

五人《にん》、十人《にん》、もっと多《おお》い。二十人《にん》、三十人《にん》。

ぞろぞろと白《しろ》い少年《しょうねん》たちは出《で》てくると、そのまま坂《さか》をのぼりはじめた。みんながやがや話《はなし》をしながら歩《ある》いていく。遠足帰《えんそくがえ》りみたいな、だらけた足《あし》どりだったけれど、はずんだ声《こえ》で話《はな》していた。そして、どの少年《しょうねん》からも甘《あま》いにおいがした。猫《ねこ》は体《からだ》を低《ひく》くしたまま、しのび足《あし》でそろそろとあとをついていった。見逃《みのが》すわけにはいかなかった。あの、どろどろとした、体《からだ》のうちから腐《くさ》ってくるような気持《きも》ちをいつのまにか置《お》き忘《わす》れた。

「ほんとにいい晩《ばん》でよかったな」と一人《ひとり》の少年《しょうねん》が言《い》った。

「うん。でも歩《ある》くのは足《あし》が痛《いた》くていやだよ」とべつの少年《しょうねん》が言《い》った。

「たのしいことって何《なん》だろう。スキーでもするのかな」

「雪《ゆき》もないのにスキーじゃないだろ」

「いままでいっぺんもやったことがないこと？」

「たぶんな」

猫《ねこ》は甘《あま》いにおいをかぎつづけた。

「雲《くも》が出《で》てきたぞ。いそげ」先頭《せんとう》の少年《しょうねん》が、突然《とつぜん》さけんだ。

早足《はやあし》になった少年《しょうねん》たちは、やがて道路《どうろ》のまん中《なか》にくろぐろと伸《の》びている梅《うめ》の木《き》の影《かげ》のところまできた。すると、先頭《せんとう》の少年《しょうねん》が懐中電灯《かいちゅうでんとう》でぴかぴかっと合図《あいず》をした。

少年《しょうねん》たちはもう何《なに》もしゃべらず、さっと駆《か》けだした。そして、あっというまに梅《うめ》の影《かげ》の上《うえ》に並《なら》んだ。枝《えだ》のこぶがあるところはこぶの上《うえ》に、曲《ま》がった枝《えだ》にも、とがった枝《えだ》にも、少年《しょうねん》たちはきちんと整列《せいれつ》していた。

猫《ねこ》はおびえた。みながいっせいに飛《と》びかかってくるような気《き》がした。みなが自分《じぶん》をねらっているような気《き》がした。猫《ねこ》はしっぽをびりびりと震《ふる》わせた。でも、どうすりゃいいのかわからなかった。

そのとき月《つき》が雲《くも》に隠《かく》れ、あたりはきゅうに暗《くら》くなった。道路《どうろ》も暗《くら》くなり、梅《うめ》の木《き》の影《かげ》はもちろん、そこに並《なら》んでいたはずの白《しろ》い少年《しょうねん》たちも見《み》えなくなった。猫《ねこ》だけが立《た》ちつくしていた。

ぱっと光《ひかり》がついた。まばゆい白《しろ》い光《ひかり》がいっせいに梅《うめ》の木《き》についたのだ。クリスマスに飾《かざ》られるモミの木《き》の電飾《でんしょく》よりももっと明《あか》るく、こうこうと梅《うめ》の木《き》が輝《かがや》いていた。

「わあい」という歓声《かんせい》が梅《うめ》の木《き》から聞《き》こえたようだった。

梅《うめ》の木《き》の光《ひかり》は、あの男《おとこ》の子《こ》の部屋《へや》も照《て》らした。

男《おとこ》の子《こ》は、突然《とつぜん》部屋《へや》の中《なか》が明《あか》るくなって、とび起《お》きた。そして窓《まど》から、きらきらと輝《かがや》いている梅《うめ》の木《き》をながめた。輝《かがや》いているのがカルシウムだなんて、もちろん男《おとこ》の子《こ》は知《し》らなかったが、暗《くら》い夜《よる》に光《ひか》る一本《ぽん》の木《き》は、ほんとうにきれいだった。

風《かぜ》がふいて、光《ひか》る枝《えだ》がかすかに揺《ゆ》れた。

そのとき遠《とお》くからエンジンの音《おと》が聞《き》こえてきた。すごいスピードで走《はし》ってきたのはバイクだった。バイクは危《あや》うく猫《ねこ》をはねそうになり、大《おお》きなブレーキ音《おん》をたてた。

猫《ねこ》は身《み》をよじって梅《うめ》の木《き》にとびついた。

　バイクが走《はし》り去《さ》ったあと、気《き》がつくと梅《うめ》の木《き》はもうまっ暗《くら》だった。

猫《ねこ》はあたりを見《み》まわした。しんと静《しず》かだった。あの白《しろ》い少年《しょうねん》たちのささやき声《ごえ》ももう聞《き》こえなかった。かわりに、向《む》かいの家《いえ》の二階《かい》の窓《まど》に、男《おとこ》の子《こ》の顔《かお》がのぞいていた。その子《こ》がちらっと片手《かたて》をあげたようにも見《み》えた。

　また、月《つき》が雲《くも》から顔《かお》を出《だ》した。月《つき》は道路《どうろ》も、家々《いえいえ》の屋根《やね》も、坂道《さかみち》も白《しろ》く照《て》らした。

猫《ねこ》は木《き》にとりついたまま、月《つき》を見《み》あげた。

日《にっ》記《き》帳《ちょう》

那《な》須《す》正《まさ》幹《もと》

毎年《まいとし》十二月《がつ》になると、ヤスオは日記《にっき》をつけたくなる。もちろん日記《にっき》をつけるのは来年《らいねん》の話《はなし》で、つまり来年《らいねん》こそは日記《にっき》をつけようと思《おも》いたつわけだ。じつは、ここ三年《ねん》あまりヤスオは毎年《まいとし》日記帳《にっきちょう》を買《か》いこんでいる。正月《しょうがつ》の休《やす》み中《ちゅう》くらいは、毎晩《まいばん》その日《ひ》のできごとなどくわしく書《か》きこんでいる。やがて二、三日《にち》わすれることがあるが、また思《おも》いだして、一週間《しゅうかん》くらいつづける。そしてまたわすれる。そのうちすこしめんどうになる。「きょうは、書《か》くことなし」とか「なにもなかった」といった文句《もんく》がならんだあと、日記帳《にっきちょう》はヤスオの机《つくえ》から消《き》える。

それでも十二月《がつ》がおわりにちかづくと、またぞろ日記《にっき》がつけたくなる。来年《らいねん》はぜったいにつづけるぞ。ヤスオは去年《きょねん》の十二月《がつ》にしたのとおなじ決心《けっしん》をして、本屋《ほんや》の店《みせ》さきにならんだ日記帳《にっきちょう》をながめていた。

「日記帳《にっきちょう》かね？」

店《みせ》のおやじさんが、そばによってきた。

「つけだしたらやめられなくなるような、そんなやつがあればいいんだけどね。」

むろんヤスオはじょうだんのつもりだった。しかし、おやじさんはま顔《がお》でうなずいた。

「あるよ。わたしも愛用《あいよう》してるんだ。」

おやじさんは、いったんおくにひっこむと、緑色《みどりいろ》をした一さつの日記帳《にっきちょう》を持《も》ってきた。布《ぬの》ばりの装《そう》ていがしてあるふつうの当用日記《とうようにっき》だった。

「だまされたと思《おも》ってつかってごらん。一年間《ねんかん》つづけずにはいられなくなるから。」

ヤスオは、そいつを買《か》って帰《かえ》った。

新《あたら》しい年《とし》がはじまり、ヤスオは新《あたら》しい日記帳《にっきちょう》をつかいはじめた。二週間《しゅうかん》がすぎたころ、うっかりわすれてふとんにはいった。しかしふとんにもぐりこんだものの、ヤスオはすこしもねむれない。なにかの力《ちから》がはたらいてヤスオをむりやりおこしているみたいだ。

へんだな、なにかたいせつなことをわすれているのかな。そうか、きょうはまだ日記《にっき》をつけていないぞ。ヤスオは思《おも》いだした。

日記《にっき》をつけおわったとたん、たちまちねむくなって、ヤスオは朝《あさ》までぐっすりねむった。

それからというもの、ヤスオはたびたびおなじような体験《たいけん》をした。修学旅行《しゅうがくりょこう》のときは、ひどい目《め》にあった。日記帳《にっきちょう》を持《も》たずに旅行《りょこう》したおかげで二泊《はく》とも一睡《いっすい》もできなかったのだ。ありあわせの手帳《てちょう》に日記《にっき》をつけてみたがむだだった。どうやら日記《にっき》帳《ちょう》になにかのしかけがしてあるにちがいない。おかげでその年《とし》、ヤスオは生《う》まれてはじめて一年間日記《ねんかんにっき》をつけた。

「去年買《きょねんか》った日記帳《にっきちょう》ね。あれすごくよかったよ。ことしもあれください。」

十二月《がつ》もおしつまったころ、ヤスオはふたたび本屋《ほんや》をたずねた。

「ああ、こまったことになったよ。じつはあの日記《にっき》の紙《かみ》にはとくべつな薬《くすり》がしみこませてあってね。ペンのインクと化合《かごう》するとそいつが人間《にんげん》のからだに作用《さよう》するしかけになってたんだ。一種《いっしゅ》の中毒作用《ちゅうどくさよう》でね。一日《にち》に一どはそいつを吸収《きゅうしゅう》しないとねむれなくなるってわけさ。」

わたしもここ十年《ねん》ばかりあの日記帳《にっきちょう》をつけていたんだが、と本屋《ほんや》のおやじさんはゆううつそうな顔《かお》でいった。

「この夏《なつ》、あの日記帳《にっきちょう》を製本《せいほん》してる会社《かいしゃ》がつぶれちまってね。もうあの日記帳《にっきちょう》は売《う》っていないんだよ。いったい来年《らいねん》はどうしたらいいのかねえ。へたをすると、あんたもわたしも永久《えいきゅう》にねむれないことになっちまうぜ。」

一月・睦月・むつき

ゾウガメ

木坂《きさか》 涼《りょう》

まえあしをいっぽふみだしカメはおもった
ことしはいいとしにしたいものだ
にほめをふみだしくびをのばした
はてなことしはなにどしだったか
さんぽめをすすませくちずさんだ
ね～うし　とら　う～たつ　み～うま

よんほめをうごかしつづきをとなえた
ひつじ〜さる　とり　いぬ　い〜つるカメ
二《に》〇〇《ひゃく》キロのえんぎものがいどうする
まんねんへむけたことしのあゆみ
いちがついっぴ
はじまりはじまり

元日《がんじつ》や
晴《は》れてすずめの
ものがたり

服部嵐雪《はっとりらんせつ》

たぶん、ボクは。

ひこ・田中《たなか》

チチがTV《テレビ》ゲームをやり始《はじ》めた時《とき》、ボクはまだ生《う》まれていなかった。っていうか、人間《にんげん》じゃなかった。

それは二十五年前《ねんまえ》。だから、チチとゲームとのつき合《あ》いは、チチとボクより二倍《ばい》以上《いじょう》も長《なが》い。

生《う》まれてすぐのボクは、人間《にんげん》だったけど、まだ、チチを知《し》らなかった。ボクがいったい何歳《なんさい》ころからチチを知《し》るようになったかは覚《おぼ》えていない。チチのビデオカメラでボクは生《う》まれたてからずっと撮《と》られている。だから、記録《きろく》はあって、ボクは赤《あか》ん坊《ぼう》の時《とき》の自分《じぶん》を知《し》っている。知《し》っているけれど、そのビデオの中《なか》のどの辺《あた》りからチチを知《し》るようになったかは、わからない。

生《う》まれてからというのは正確《せいかく》じゃなくて、ハハがボクを産《う》む前《まえ》から、チチは撮《と》り続《つづ》けていて、ボクはボクが生《う》まれる前《まえ》、ハハのおなかにいるころのボクまで知《し》っている。

生《う》まれる瞬間《しゅんかん》のもあるらしいけど、それはまだ見《み》せてもらってはいない。

きっと、コドモには見《み》せられないシーンなんだろう。別《べつ》に見《み》たくもないけど、ボクに関係《かんけい》あるのを知《し》っていて、見《み》られないのは、ホントはいい気分《きぶん》じゃない。っても……見《み》られるなら、きっと見《み》ないと思《おも》う。

二十五年前《ねんまえ》、今《いま》のボクと同《おな》じようにコドモだったチチたちは、そのTVゲーム機《き》を「ファミコン」と呼《よ》んでいたとチチから聞《き》いた。でも、正式《せいしき》には「ファミリーコンピュータ」。

なんでボクがそんなことを知《し》っているかというと、現物《げんぶつ》を見《み》ているから。
でも、その話《はなし》の前《まえ》に、ボクとチチの関係《かんけい》を書《か》いておいたほうがいいと思《おも》う。

ボクんチは、ハハの両親《りょうしん》である、ソフとソボの家《いえ》の裏庭《うらにわ》にある。
ハハの説明《せつめい》によれば、そうすると、家賃《やちん》を払《はら》わなくていいから助《たす》かるし、ソフとソボが年老《としお》いた時《とき》に、世話《せわ》もしやすい。

ものすごくわかりやすい理由《りゆう》に、ボクはちょっとだけ、感動《かんどう》した。オトナって人間《にんげん》はそういうふうに考《かんが》えるのかって。

割合早《わりあいはや》く仕事《しごと》から帰《かえ》ってきた時《とき》、チチはソフとソボの家《いえ》に「ただいま、帰《かえ》りました」とあいさつに行《い》く。ハハの実家《じっか》の裏庭《うらにわ》に、家《いえ》を建《た》てさせてもらったからだと思《おも》うけど、それがチチのチチっぽい所《ところ》かもしれない。

土曜日《どようび》にソフとソボが夕食《ゆうしょく》に招《まね》いてくれたら、ハハやボクと一緒《いっしょ》に行《い》く。それは当《あ》たり前《まえ》のことで、だから文句《もんく》を言《い》うのは聞《き》いたことがないけど、お招《まね》き夕食《ゆうしょく》でのチチは、居心地《いごこち》が悪《わる》そう。家《いえ》での食事《しょくじ》の時《とき》より、陽気《ようき》だから、そうわかる。

なんかちょっと無理《むり》している感《かん》じ、かな。

ソフとソボの家《いえ》のダイニングで、背《せ》もたれの高《たか》いイス（これはソフやソボが使《つか》っているイスじゃなくて、背《せ》の高《たか》いチチ用《よう》に買《か》ったもの）に背筋《せすじ》を伸《の》ばして座《すわ》って、ソフとソボがそれぞれの得意料理《とくいりょうり》を、次々《つぎつぎ》に出《だ》してくる時《とき》のチチの緊張感《きんちょうかん》は、ビシビシ伝《つた》わってきた。出《だ》された料理《りょうり》を、どんな言葉《ことば》でほめるか。きっとチチはそんなことを考《かんが》えている。ボクなら「おいしい！」って一言《ひとこと》でいいけど。

ハハはカワイイ娘《むすめ》で、ボクはカワイイ孫《まご》だから、チチより余裕《よゆう》があって、そういう所《ところ》を観察《かんさつ》できるだけなのだけど。

ボクはココで生《う》まれ育《そだ》ったから、ココに何《なに》も感《かん》じない。好《す》きな居場所《いばしょ》でもないし、嫌《きら》いでもない。そういうことを、あまり考《かんが》えずに、感《かん》じない毎日《まいにち》を過《す》ごしている。だって、生《う》まれてからずっと、ボクはココしか知《し》らないし、ココしか戻《もど》る場所《ばしょ》はないから。

それはボクが、まだコドモだからで、大《おお》きくなったら出《で》て行《い》くのかもしれない。でも、ハハは、生《う》まれてから結婚《けっこん》して、ボクを産《う》んで育《そだ》てての間《あいだ》、ずっとココにいる。結婚《けっこん》して家《いえ》が、裏庭《うらにわ》の新《あたら》しいのに変《か》わっただけで。そしてたぶん、死《し》ぬまでハハはココにいるつもりだろうね。

チチは、結婚《けっこん》してからココで暮《く》らすようになった。チチは大阪《おおさか》で生《う》まれて、大学《だいがく》は東京《とうきょう》だったから、大阪《おおさか》から東京《とうきょう》、そしてこの家《いえ》と、少《すく》なくても、二回《かい》は、引越《ひっこし》をしている。

さっきも言《い》ったように、ボクも大《おお》きくなったら、チチのようにコドモ時代《じだい》の家《いえ》を出《で》ていくのかもしれない。でも、当《あ》たり前《まえ》だけど、ボクにはそれが、想像《そうぞう》できなくて、チチはすごい人《ひと》だと思《おも》ったり、遠《とお》い人《ひと》だと思《おも》ったり、どっちにしても、チチはボクにとって、未知《みち》な感《かん》じがする人《ひと》なのだ。

そんな感《かん》じを持《も》っているボクは、悪《わる》いコドモなんだろうか？

でも、チチが未知《みち》なのは、チチがボクとあんまし直接《ちょくせつ》つき合《あ》ってくれてないからだとも思《おも》う。例《たと》えば、ボクは今《いま》もチチがどんな仕事《しごと》をしているのか、ちゃんと知《し》らない。

ハハが高校《こうこう》の事務員《じむいん》なのは知《し》っている。帰《かえ》ってきてから、事務局長《じむきょくちょう》の悪口《わるぐち》なんかをしょっちゅう言《い》っているしね。

チチの仕事《しごと》は、ハハに聞《き》いたら、広告業界《こうこくぎょうかい》って言《い》っていたけど、ボクはそれがどんな仕事《しごと》かわからない。たぶん広告《こうこく》を出《だ》してもらえるようにスポンサーだとかに頼《たの》む仕事《しごと》だと思《おも》うけど、その広告業界《こうこくぎょうかい》で何《なに》をしているかを、もっと詳《くわ》しくハハに尋《たず》ねれば、説明《せつめい》をしてくれると思《おも》うけれどボクはしなかった。それに、そんなことはハハではなくチチに聞《き》けばいいわけだし……。

でも、チチは自分《じぶん》の仕事《しごと》の話《はなし》を家《いえ》では全《まった》くしなかったから、ボクも聞《き》きにくかった。ということは、ボクはチチの仕事《しごと》に関心《かんしん》が無《な》く、チチもボクに教《おし》える気《き》がないことになる。

生《う》まれる前《まえ》からボクをビデオカメラで撮《と》っていたチチだから、ボクに関心《かんしん》はあったはずで、今《いま》でも機会《きかい》があるとすぐボクを撮《と》る。例《たと》えば運動会《うんどうかい》ね。

そんなチチなのに、ボクとの距離《きょり》が遠《とお》いと感《かん》じるのはどうしてなんだろう？　と時々《ときどき》は思《おも》うけど、実《じつ》はそのこともボクはあんまし関心《かんしん》がない。チチと喧嘩《けんか》したことも怒《おこ》られたこともないボクは、チチとうまくやっているはずだし、仲《なか》が悪《わる》いわけでもないはず。でも、チチがボクのチチであること以外《いがい》に、ボクはそれほど興味《きょうみ》がないのも本当《ほんとう》。

やっぱり、ボクはコドモとしては、悪《わる》いコなのだろうか？

二階《かい》のチチの「ショサイ」という、ボクには意味《いみ》がわからないスペースには、チチが自分《じぶん》で組《く》み立《た》てたステンレスの棚《たな》が（五段《だん》になっている）連結《れんけつ》されて四つあり、そこにはパソコン関係《かんけい》の解説書《かいせつしょ》や、仕事関係《しごとかんけい》のだろう難《むずか》しそうな本《ほん》たちとプレイステーション2のゲームソフトやCDやビデオテープやDVDや、ビデオデッキやDVDプレーヤー代《が》わりのプレイステーション2があって、プレイステーション2とケーブルでつながった32インチの液晶《えきしょう》モニターがある。棚《たな》の横《よこ》には小《ち》さな机《つくえ》があり、そこにはパソコンのモニターが置《お》かれていて、本体《ほんたい》が机《つくえ》の横《よこ》、フローリングの上《うえ》にある。

TVのモニターと向《む》かい合《あ》ってチチ専用《せんよう》の背《せ》もたれが布《ぬの》の低《ひく》いイスが置《お》いてあり、

前《まえ》に四つ、後《うし》ろに二つのスピーカーが、そのイスを囲《かこ》むように置《お》いてある。

ハハと喧嘩《けんか》をしたとき必《かなら》ずチチは、この「ショサイ」に引《ひ》っ込《こ》む。たぶん、色《いろ》んなDVDやビデオを見《み》ていたり、自分《じぶん》が撮《と》った動画《どうが》をパソコンで編集《へんしゅう》している。

この動画《どうが》の編集《へんしゅう》は、さっき話《はな》した、ボクがまだハハのおなかの中《なか》にいるころから撮《と》っていたビデオや二年前《ねんまえ》に買《か》い換《か》えたデジタルビデオカメラで撮《と》った動画《どうが》を、パソコンに取《と》り込《こ》み、色々《いろいろ》手《て》を加《くわ》えて、例《たと》えば、タイトルやナレーションを入《い》れたり、アルバム風《ふう》に、シーンごとにページが繰《く》れたり、余分《よぶん》なシーン（あ、チチにとってね）をカットして、一枚《まい》のDVDに焼《や》き付《つ》ける作業《さぎょう》。

なんだかややこしそうだけど、それが今《いま》のチチの趣味《しゅみ》らしい。

この前《まえ》の日曜日《にちようび》、「ショサイ」のドアが半開《はんびら》きだったので覗《のぞ》いたら、チチはちょうどそれをやっていて、ボクに気付《きづ》き、

「おう」

と声《こえ》を出《だ》した。

入《はい》ってもいいようなので、ボクはチチに近《ちか》づいた。

今年《ことし》の正月《しょうがつ》、ソフとソボがお年玉代《としだまが》わりにパソコンを買《か》ってくれた。

「お年玉《としだま》にしては、高過《たかす》ぎるわよ」

とハハはソフとソボに文句《もんく》を言《い》ったけど、ソボに、

「学校《がっこう》でも本格的《ほんかくてき》にパソコンを使《つか》った授業《じゅぎょう》をやっているそうじゃない。なら家《いえ》でも必要《ひつよう》でしょ。文房具《ぶんぼうぐ》と思《おも》えばいいのよ」

と返《かえ》されてしまった。コドモにはパソコンはまだ高《たか》いおもちゃだと、ハハは言《い》いたかったのだと思《おも》うけど、ソボに文房具《ぶんぼうぐ》と言《い》われたら、反論《はんろん》できなかった。ハハはソボの娘《むすめ》なんだから、本当《ほんとう》にいらないと思《おも》っているなら、もっとはっきり言《い》えばいいのに。

ボクはパソコンをプレゼントされてうれしかったけどね。

というわけで、中学《ちゅうがく》まで使《つか》うはずだったボクが入学《にゅうがく》したときに買《か》った机《つくえ》は、パソコンも置《お》けるスペースがあるものに換《か》えられた。

ハハに怒《おこ》られた落書《らくが》きだとか、ボクが力《ちから》を入《い》れすぎてカッターで付《つ》けてしまった直線《ちょくせん》に汚《よご》れが入《はい》って、黒《くろ》い線《せん》になっているのだとか、鼻《はな》くそをいつもひっつけていたので、コペコペになった机《つくえ》の裏側《うらがわ》とか、体《からだ》がそれに慣《な》れてしまっているイスだとか、ハハとは違《ちが》う理由《りゆう》で、ボクはその机《つくえ》を大好《だいす》きだったけど、パソコンが置《お》ける新《あたら》しい机《つくえ》も、悪《わる》くなかった。というか、前《まえ》の机《つくえ》が部屋《へや》から消《き》えたとたんボクは、それへの気持《きも》ちが急《きゅう》に消《き》えていくのがわかった。

あの机《つくえ》がもうボクのものではないなら、ボクは今《いま》あるボクの机《つくえ》を気《き》に入《い》ったほうがいいと思《おも》った。

だからボクは、チチのやっている、パソコンのメールやインターネット以外《いがい》の使《つか》い方《かた》を見《み》てみたかった。

チチは、パソコンの画面《がめん》を見《み》つめながら、右手《みぎて》のマウスで作業《さぎょう》を進《すす》めている。パソコンの本体《ほんたい》にデジタルビデオカメラは接続《せつぞく》されていて、モニターの中《なか》ではソフトが動《うご》いている。

「キャプチャーっていう作業《さぎょう》だ。カメラから動画《どうが》をパソコンに取《と》り込《こ》んでいる。ほらここに数字《すうじ》が出《で》ているだろ。あとどれだけの時間《じかん》がかかるかの数字《すうじ》。五分《ふん》ほどかな」

モニターに映《うつ》っているソフトの画面右下《がめんみぎした》の数字《すうじ》をチチは指《ゆび》さした。「05：04：22」から、それはどんどん減《へ》っていっている。

「百分《ひゃくぶん》の一秒単位《びょうたんい》だね。そんなに細《こま》かくなくてもいいのに」

とボクが言《い》うと、モニターを眺《なが》めたまま、チチが答《こた》えた。

「いや、一秒《びょう》に二十四フレームのデータがあるから、これくらい詳《くわ》しいほうがいい」

フレームの意味《いみ》がわからなかったけど、一秒《びょう》に二十四あるから、十分《ぶん》の一では間《ま》に合《あ》わなくて、百分《ひゃくぶん》の一秒単位《びょうたんい》のほうがいいってことだろう。

「何《なに》をキャプチャーしているの？」

初《はじ》めてボクは、キャプチャーって言葉《ことば》を使《つか》った。初《はじ》めて使《つか》うってことを意識《いしき》したのもその時《とき》が初《はじ》めてだった。

つまり、どう言《い》ったらいいのかな？ その言葉《ことば》を使《つか》っているボクを使《つか》っているなと見《み》ているボクがいたわけ。

とても不思議《ふしぎ》な気分《きぶん》だった。

「二〇〇四年《ねん》、お正月《しょうがつ》」

最初《さいしょ》、チチが何《なに》を言《い》っているかわからなかった。不思議《ふしぎ》な気分《きぶん》のままだったから。でも、それは、「何《なに》をキャプチャーしているの？」ってボクの言葉《ことば》への返事《へんじ》なのに気付《きづ》いた。

ボクはチチの顔《かお》を見《み》たけど、チチはモニターを見《み》つめたままだった。数字《すうじ》はもうすぐゼロになる。

「二〇〇四年《ねん》、お正月《しょうがつ》」……。四年以上前《ねんいじょうまえ》……、ボクはそんな昔《むかし》のことは、覚《おぼ》えていない。だって、小学《しょうがく》一年生《ねんせい》のお正月《しょうがつ》だよ。それからボクは、学校《がっこう》で色々《いろいろ》あったし

(言《い》いたくない)、「二〇〇四年《ねん》、お正月《しょうがつ》」なんて遠《とお》い昔《むかし》だ。

でも、チチにはそうでもないみたいだった。

チチは、モニターのデスクトップに出《で》ているファイルにマウスでカーソルをもっていった。

「覚《おぼ》えているだろ?」

覚《おぼ》えていません。とは言《い》えなくて、ボクは笑《わら》った。

チチはそのファイルをクリックした。

「ここから、いらないシーンをカットする。六十分《ぷん》のテープ三本《ぼん》で三時間《じかん》もあるから、DVD一枚《まい》に焼《や》くには一時間《じかん》多《おお》い」

「DVDは二時間《じかん》しか録画《ろくが》できない?」

「ってわけでもないけど、画像《がぞう》が粗《あら》くなる。思《おも》い出《で》はきれいなまま残《のこ》しておいたほうがいい」

当《あ》たり前《まえ》のようにチチはそう言《い》った。でも、ボクにはよくわからなかった。さっきも言《い》ったように、ボクは「二〇〇四年《ねん》、お正月《しょうがつ》」なんて昔《むかし》を覚《おぼ》えていない。覚《おぼ》えていないからそれはボクの思《おも》い出《で》なんかじゃない。

そっか。ボクはわかった。それはチチの大切《たいせつ》な思《おも》い出《で》なんだ。そう気付《きづ》いたときボクはチチのことも少《すこ》しわかった気《き》がした。チチにとって大切《たいせつ》な思《おも》い出《で》はボクやハハたちと関係《かんけい》していること。そしてもう一つ、チチには思《おも》い出《で》が大切《たいせつ》なこと。

チチが再生《さいせい》ボタンにカーソルを合《あ》わせてクリックした。

昔《むかし》のビデオカメラで撮《と》られた映像《えいぞう》はあんまし綺麗《きれい》ではなかった。これなら、最初《さいしょ》から画像《がぞう》が粗《あら》いと思《おも》うけど……。

ソフとソボの家《いえ》のリビング。ハハも居《い》て三人《にん》でビールを飲《の》んでいる。三人《にん》とも顔《かお》が赤《あか》くない。チチはたった一杯《ぱい》で真《ま》っ赤《か》になるのに。土曜日《どようび》の夕食《ゆうしょく》に招《まね》かれたとき、ビールやワインでチチ一人《ひとり》が真《ま》っ赤《か》になる。とても目立《めだ》つ。

ボクは、自分《じぶん》がお酒《さけ》を飲《の》めるようになったとき、真《ま》っ赤《か》になるのだろうか、ならないのだろうか、なんて考《かんが》える。そして、ボクは今《いま》、ボクの未来《みらい》のことを考《かんが》えていると思《おも》う。

チチが映《うつ》っていないのは、チチがカメラを回《まわ》しているからだけど、ボクはどこにいるんだろう? ボクの心《こころ》を読《よ》んだみたいに、カメラは移動《いどう》し、もう一つのソファーで、眠《ねむ》っている昔《むかし》のボクを写《うつ》す。毛布《もうふ》を掛《か》けられ、口《くち》を開《あ》けて眠《ねむ》っているそいつは、無防備《むぼうび》で、馬鹿《ばか》に見《み》える。これが二〇〇四年《ねん》お正月《しょうがつ》のボクだ。あ、違《ちが》う二〇〇三年大晦日《ねんおおみそか》みたい。画面《がめん》に映《うつ》ってないTVからカウントダウンの声《こえ》がしている。十九だ。

「ぼうやだからね」

とチチの声《こえ》がして、ハハの手《て》がボクに伸《の》びて、

「もうすぐ新年《しんねん》よ」

と揺《ゆ》する。つまんないことにボクはすぐに、目《め》をこすりながら起《お》きる。カメラが引《ひ》いて、ワイングラスを持《も》ったソフとソボとハハと、たぶんウーロン茶《ちゃ》だと思《おも》うけど茶色《ちゃいろ》の飲《の》み物《もの》の入《はい》ったグラスを持《も》ったボクが、カウントダウンに声《こえ》を合《あ》わせる。

チチの声《こえ》も聞《き》こえる。

「おめでとうございます」

と言《い》いながら、みんながグラスを合《あ》わせる。

今年《ことし》の目標《もくひょう》は、なんてことを聞《き》かれた昔《むかし》のボクは、「カブトムシ！」とわけのわからないことを言《い》って、みんなを笑《わら》わせている。全《まった》く覚《おぼ》えていない。ボクはモニターに映《うつ》ってニコニコしているこいつを、あんまし好《す》きになれなかった。確《たし》かにあれはボクなんだろうけど……。

「ここは残《のこ》しだな」

チチはマウスをクリックした。

「これはマーカーといって、後《あと》で編集《へんしゅう》するとき、どこを残《のこ》すかのマークを入《い》れている」

尋《たず》ねてもいないのにチチが説明《せつめい》した。

このシーンはチチの大切《たいせつ》な思《おも》い出《で》になるのだ。ボクとしてはカットしてほしいけど、これはチチの思《おも》い出《で》だから、あきらめた。

三時間分《じかんぶん》の「二〇〇四年《ねん》、お正月《しょうがつ》」を見《み》ながらマーカー（また初《はじ》めて使《つか》う言葉《ことば》だ）を入《い》れ続《つづ》ける様子《ようす》のチチだったので、ボクは「ショサイ」を出《で》た。

チチの思《おも》い出《で》になるボク。いや、あれはボクを写《うつ》したものだから、ボクが、じゃなくて、写《うつ》したものが思《おも》い出《で》になる。チチは山《やま》ほどたまっているビデオをパソコンに入《い》れ、それを編集《へんしゅう》し直《なお》してＤＶＤに焼《や》いていく。チチの大切《たいせつ》な思《おも》い出《で》は、チチの好《この》みで編集《へんしゅう》されている。もちろんそれでいいけれど、そこに残《のこ》っているボクもまたチチの好《この》みのボク……。ボクはちょっとクラクラした。

ああ、それで、チチがコドモ時代《じだい》使《つか》っていたＴＶゲーム機《き》を見《み》たことがあるって、話《はなし》。

チチの「ショサイ」にはプレイステーション２しかない。今《いま》はあんましゲームはしていないみたい。一番《いちばん》新《あたら》しいソフトが「ＦＦＸ《ファイナルファンタジーテン》」だからね。

ボクはボク用《よう》のプレイステーション2を昔《むかし》、お年玉《としだま》で買《か》ったので、TVゲームは自分《じぶん》の部屋《へや》でする。あと、DSも持《も》っている。

ある時《とき》、チチがどういう気分《きぶん》だったか知《し》らないけど、ボクを呼《よ》び、一緒《いっしょ》にDVDを見《み》たことがある。それはボクも知《し》っている「ガンダム」のアニメだったけど、「SEED」じゃなく、昔《むかし》やっていた「ガンダム」らしくて、ボクにはイマイチよくわからなかった。

その後《あと》チチは『スター・ウォーズ』のDVDを見《み》せてくれた。その時《とき》、ボクは六つもスピーカーが置《お》かれている意味《いみ》がやっとわかった。音《おと》が後《うし》ろからも聞《き》こえてくるのだ。宇宙船《うちゅうせん》が画面《がめん》の前《まえ》から奥《おく》に飛《と》んでいくとき、音《おと》が最初《さいしょ》は後《うし》ろから聞《き》こえて、前《まえ》に移《うつ》って行《い》く。まるで宇宙船《うちゅうせん》がボクの横《よこ》を通《とお》りすぎた、みたいな感《かん》じになる。それはなかなかすごいことのようにボクは思《おも》った。でも、ボクはやっぱりモニターを見《み》ているだけで、宇宙船《うちゅうせん》が側《そば》を通《とお》っていったわけではないのは当《あ》たり前《まえ》で、チチが言《い》っているほど感心《かんしん》はしなかった。

その「ショサイ」の上《うえ》に屋根裏部屋《やねうらべや》はある。跳《は》ね上《あ》げ式《しき》の階段《かいだん》を下《お》ろして、上《うえ》に上《のぼ》る形《かたち》。

昨日《きのう》ボクはチチもハハも仕事《しごと》で留守《るす》の時《とき》、この屋根裏部屋《やねうらべや》に入《はい》ったのだ。「ショサイ」にはあまり入《はい》る気《き》はしなかったボク。だって、そこはチチだけの居場所《いばしょ》だって気《き》がするから（プレイステーション2も気軽《きがる》にココでできるならボクも買《か》う必要《ひつよう》はなかった）。けど、その上《うえ》にある屋根裏部屋《やねうらべや》には一度入《どはい》りたかった。ハハに聞《き》くと、チチのガラクタ置《お》き場《ば》ってことだったけど、そう言《い》われると見《み》たくなった。自分一人《じぶんひとり》では入《はい》りにくい「ショサイ」の上《うえ》にある場所《ばしょ》。それだけで、とても秘密《ひみつ》っぽかったし、ワクワクした。

ボクは、「ショサイ」に入《はい》り、スチールの棚《たな》に立《た》てかけてある細《ほそ》い棒《ぼう》をつかんだ。その先《さき》が「?」の形《かたち》をしていて、それを天井《てんじょう》にあるフックに引《ひ》っかけて階段《かいだん》を下《お》ろす。角度《かくど》が急《きゅう》なので、ボクはゆっくり上《のぼ》った。

そこは思《おも》っていた以上《いじょう》に広《ひろ》かった。窓《まど》もちゃんとあるし、電灯《でんとう》をつけることもできる。ボクは言《い》わなければダメかなと考《かんが》えていたけど、そんなことはなくて、屋根《やね》の一番高《いちばんたか》い所《ところ》だと立《た》ち上《あ》がることもできる。

ハハの言《い》うガラクタは、ちゃんと整理《せいり》して置《お》かれていた。

例《たと》えばゲーム機《き》は裸《はだか》のままではなく、買《か》った時《とき》のケースにしまわれていた。チチが話《はな》していた「ファミコン」の箱《はこ》には「ファミリーコンピュータ」と書《か》かれていた。ミニ四駆《よんく》とはちょっと違《ちが》う車《くるま》のおもちゃは小《ちい》さな棚《たな》に並《なら》べられていた。コミックは、作品《さくひん》ごとに箱《はこ》にまとめられていた。『Dr.《ドクター》スランプ』、『キャプテン翼《つばさ》』。そんなタイトルがあった。ソフトと書《か》かれた箱《はこ》を開《あ》けると、たくさんのTVゲームソフトらしいものが、一つ一つそのソフトの箱《はこ》に入《はい》っていた。その中《なか》からボクは「マリオブラザーズ」って書《か》いてあるのを出《だ》した。箱《はこ》を開《あ》けると、そこにはミニチーズみたいな形《かたち》の物《もの》が入《はい》っていた。プレイステーション2しか知《し》らないボクは、小《ちい》さなCDみたいな物《もの》が入《はい》っていると思《おも》っていたのだけど。それをどう使《つか》うのかわからないのがちょっとヤだったので、ファミリーコンピュータの箱《はこ》を開《あ》けて、ゲーム機《き》本体《ほんたい》を取《と》り出《だ》した。白《しろ》と赤《あか》のプラスチックでできていて、なんだかショボイ。コントローラも小《ちい》さく平《ひら》べったく、アナログスティックもL・R、1・2ボタンも付《つ》いていない。二十五年《ねん》も前《まえ》だから、仕方《しかた》ないのかな。でも二十五年前《ねんまえ》のコドモにはカッコ良《よ》かったんだろう。

手《て》にしているソフトらしい物《もの》をゲーム機《き》本体《ほんたい》にどう付《つ》ければいいかが最初《さいしょ》わからなかった。プレイステーション2のように、プレートが出《で》てきそうな所《ところ》は無《な》かったから。でも、本体《ほんたい》の上《うえ》にある穴《あな》に差《さ》し込《こ》んでみると入《はい》った。あとはTVとつないで、電源《でんげん》を入《い》れれば使《つか》える。

でもこれはチチの大切《たいせつ》なもの。ボクには関係《かんけい》ないソフト。

ボクはファミリーコンピュータを箱《はこ》にしまい、「マリオブラザーズ」もそうした。ファミリーコンピュータの下《した》の箱《はこ》はスーパー・ファミリーコンピュータ、その下《した》がプレイステーション。

ボクが知《し》らない、チチの大切《たいせつ》な思《おも》い出《で》……。それらをチチは、この屋根裏部屋《やねうらべや》に保存《ほぞん》している。もう、読《よ》み直《なお》したり、遊《あそ》び直《なお》したりしないのだろうか？

ゲームの場合《ばあい》だと今《いま》のチチは、プレイステーション２で遊《あそ》んでいる。一番新《いちばんあたら》しいソフトが「ＦＦＸ」だとしても。

チチはゲーム機《き》をかえていきながら、コドモのころから、いやボクが生《う》まれる前《まえ》からずっとＴＶゲームをしている。それはチチの生活《せいかつ》にとって大事《だいじ》なモノ。チチが今《いま》でもゲームをしているおかげで、ソフト代《だい》が助《たす》かるみたいだけど、好《す》きなジャンルがちょっと違《ちが》うから、借《か》りることはあんまりない。チチはＲＰＧ《ロールプレイングゲーム》で、ボクはスポーツ、アクションもの。

ボクが使《つか》いたい時《とき》は貸《か》してくれるけど、一緒《いっしょ》にやろうなんて言《い》わないし、攻略方法《こうりゃくほう》ほうを教《おし》えてもくれない。ネットで探《さが》せば、攻略《こうりゃく》サイトがあるから教《おし》えてくれなくても困《こま》らない。ただ貸《か》してくれるだけ。やり終《お》わった感想《かんそう》も聞《き》いてこない。ボクが持《も》っているソフトを借《か》りたこともない。

チチにとって自分《じぶん》が好《す》きなゲームは、好《す》きなだけでもうそれでいいのだろう。

「二人《ふたり》で一緒《いっしょ》にやったらいいじゃない。親子《おやこ》なんだから」

とハハが笑《わら》いながら言《い》ったことがある。その時《とき》チチは、

「そういうことじゃないんだな」

と返事《へんじ》をした。

「どういうこと？」

とハハが聞《き》き返《かえ》すかと思《おも》ったら、

「そう」で終《お》わってしまった。

チチの言《い》った意味《いみ》はよくわからないけれど（聞《き》き返《かえ》さなかったハハは、わかっていたのかな？）、ボクはこの返事《へんじ》を結構気《けっこうき》に入《い》っている。

ボクもチチと一緒《いっしょ》にやりたくない。ボクはボクのメモリーカードに、ボクの記録《きろく》を残《のこ》していく。きっとチチもそうなんだろう。

屋根裏部屋《やねうらべや》から降《お》りたボクは、チチの「ショサイ」を眺《なが》めた。たくさん並《なら》んでい

るＤＶＤケースの一《ひと》つの背《せ》に「二〇〇四年《ねん》、お正月《しょうがつ》」と印刷《いんさつ》されたのがあった。完《かん》成《せい》したみたい。「二〇〇三年《ねん》三月《がつ》二四日《か》・東京《とうきょう》ディズニーランド」、「二〇〇五年《ねん》八月《がつ》十四〜十六日《にち》・大阪《おおさか》」があるから、これで三枚《まい》の思《おも》い出《で》ができた。きっとこれからも、ボクが生《う》まれる前《まえ》のも、色《いろ》んな年《とし》の運動会《うんどうかい》も、編集《へんしゅう》されてＤＶＤになっていくのだろうと思《おも》った。

ファミコンが本当《ほんとう》はファミリーコンピュータって名前《なまえ》なのをボクが知《し》っているのは、そういうわけ。

最初《さいしょ》にも言《い》ったように、ボクはチチに、チチはボクにあまり関心《かんしん》がないのだけれど、それでもなんか、気持《きも》ちが通《つう》じるように思《おも》うのは、何《なん》でだろう?

公園《こうえん》のベンチに座《すわ》っているボクが首《くび》からぶら下《さ》げているケータイから『ＳＥＥＤ』のオープニングソング「ＩＮＶＯＫＥ」が流《なが》れる。

このケータイはハハがボクの安全《あんぜん》のために買《か》ってくれたもの。このケータイからは、チチとハハの仕事場《しごとば》と、ソフとソボの家《うち》と、ボクんチにしかかけられない。だから、ボクはいつも、誰《だれ》かからかかってくるのを待《ま》っている。

「イサオ、今《いま》どこ?」

アヤちゃんからの電話《でんわ》。

ボクは公園《こうえん》にいることを話《はな》して、ケータイを切《き》る。

もうすぐ、ボクが今大好《いまだいす》きで、ボクを今大好《いまだいす》きな、アヤちゃんがこの公園《こうえん》にやってくる。

たぶんいつものノリで走《はし》ってくる。でも

もちろんアヤちゃんのことは、チチもハハも知《し》らない。

ボクも教《おし》えない。

だって、アヤちゃんはボクの大切《たいせつ》な思《おも》い出《で》じゃないからね。

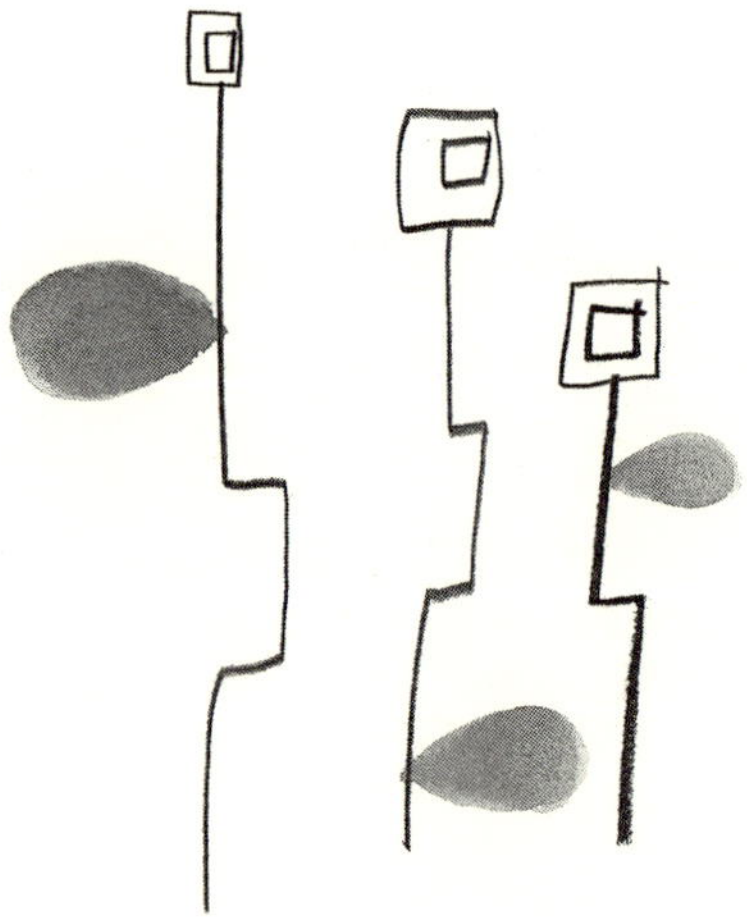

カメレオンか？人《にん》間《げん》か？

長《ちょう》　新《しん》太《た》

一月十日《がつとおか》午前《ごぜん》十時《じ》四十五分《ふん》ごろ、へこた・ちょこたろうさん（四五）の家《いえ》に、宅急便《たっきゅうびん》がとどいた。奥《おく》さんの、へなこさん（三七）が、大《おお》きなダンボールの箱《はこ》をあけると、長《なが》いネバネバしたものが「ニューッ」ととび出《だ》して、へなこさんの鼻《はな》のあたまをなめた。ビックリしたへなこさんが「ドスン」と、しりもちをついたので、下《した》じきになったネコのニャンタロウくんは「キューッ」と、のびてしまった。

箱《はこ》から出《で》てきたものは、カメレオンが八百《はっぴゃっ》ぴき。

あっというまに、へこたさんちはカメレオンでギュウギュウになった。

このカメレオンはマダガスカルオオカメレオン（体長《たいちょう》六十三センチ）。マダガスカルチビカメレオン（体長《たいちょう》三センチ四十二ミリ）。ジャクソンカメレオン（つのがはえている）。そのほか、ふつうのカメレオン。そういったいろいろなカメレオンが、へこたさんちで、上《うえ》になったり下《した》になったり、宙《ちゅう》がえりをした。カメレオンは、自分《じぶん》のからだより長《なが》い舌《した》を出《だ》してペロペロやる。カメレオンの目玉《めだま》は、グリグリしていて、左《ひだり》の目《め》でアッチを見《み》て、右《みぎ》の目《め》でコッチを見《み》ることができる。

からだの色《いろ》は、緑色《みどりいろ》か黄色《きいろ》だが、自分《じぶん》のつごうで色《いろ》を「スーッ」とかえる。バッタをよく食《た》べる。

のびてたおれている奥《おく》さんのへなこさんの上《うえ》には、カメレオンがのっかっている。へなこさんの下《した》じきになって腰《こし》をいためたネコのニャンタロウくんは、ヨタヨタと近《ちか》くの動物病院《どうぶつびょういん》へいってしまった。

このとき、窓《まど》のそばをとおった近所《きんじょ》の主婦《しゅふ》（五三）が、なんとなくのぞいて110番《ばん》。

かけつけた警官《けいかん》は、

「マニアが飼《か》っていたものがにげ出《だ》したにしては、数《かず》が多《おお》すぎる。カメレオンの密《みつ》入国《にゅうこく》かもしれん」といった。

午後《ごご》十二時《じ》三十分《ぷん》ごろ、警察《けいさつ》のしらせで会社《かいしゃ》からノロノロと帰宅《きたく》した、ちょこたろうさんは、意外《いがい》におちついて、

「いゃあ、ご苦労《くろう》さん。カメレオンのみなさんも遠路《えんろ》はるばるご苦労《くろう》さん」

と、へっちゃらの顔《かお》をして、警官《けいかん》や近所《きんじょ》の人《ひと》やカメレオンに、頭《あたま》をさげた。のびて

いた奥《おく》さんのへなこさんが「プファー」と息《いき》をして、

「足《あし》もとに気《き》をつけて、おかえりくださーい」

と、いったので、みんなはあきれてかえっていった。


午後《ごご》三時《じ》五十五分《ふん》ごろ、学校《がっこう》から小学生《しょうがくせい》のへこた・へこ太《た》くん（九つ）がかえってくる。

「ワーッ、みんな元気《げんき》か、ご苦労《くろう》、ご苦労《くろう》！」

と、カメレオンたちとあく手《しゅ》をしている。

へなこさんが
「わかっていたけど、カメレオンになめられるのははじめてなので、気《き》をうしなったのよ。とうさんになめられることは、しょっちゅうだけど」

といったので、とうさんのちょこたろうさんは、カメレオンのように顔《かお》の色《いろ》が赤《あか》とピンク色《いろ》にかわりました。

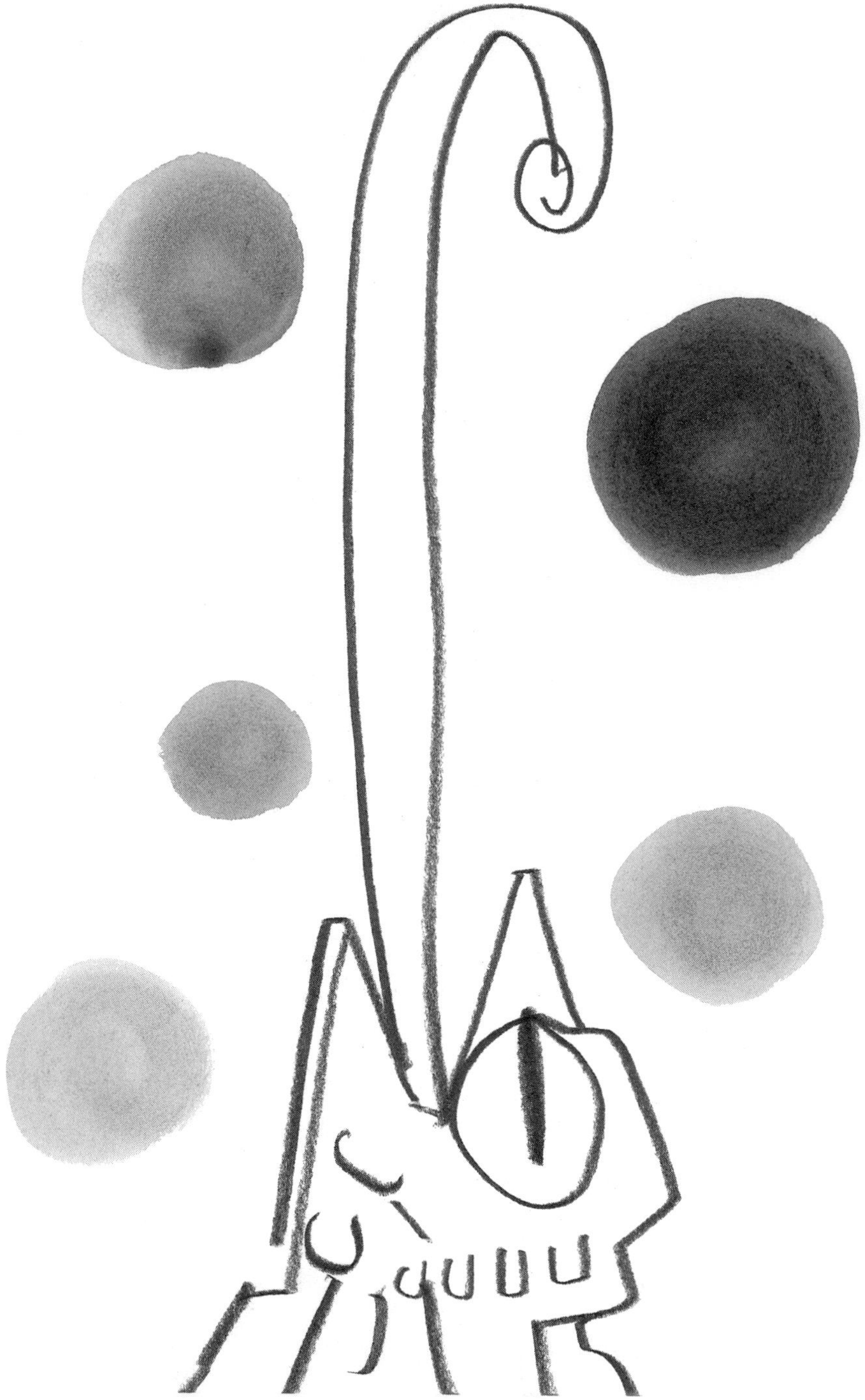

へこた家《け》では、カメレオンが宅急便《たっきゅうびん》でやってくるのをまっていたのだ。みんながカメレオンと、あく手《しゅ》をしていると、ネコのニャンタロウくんが、腰《こし》にコルセットをしてツエをつき、へっぴり腰《ごし》でかえってきた。

そうして、

「なんでカメレオンがやってきたか、みなさんごぞんじのようですね。しらないのはわたしだけですか。ああ、そうですか。では、いただきます」

といって、そばにいたチビカメレオンをつまんで食《た》べようとした。ちょこたろうさんが、

「まってちょうだい、ニャンタロウさま。これには深《ふか》いわけがあるのでございますよ。これからの話《はなし》をよくきいてちょうだい」

へこた家《け》の人《ひと》びとは、ノンビリしている。

ちょこたろうさんは、学校《がっこう》を出《で》てから今《いま》の会社《かいしゃ》にいるけど、さっぱりえらくなら

ない。

へなこさんは、そんなことはたいして気《き》にしていない。へこ太《た》くんは、学校《がっこう》でも目立《めだ》たない。それでいいじゃあない、とみんなおもっている。でもね、まわりの人《ひと》はいろいろいうのである。ある日《ひ》、へなこさんが、

「テレビでやってる映画《えいが》みたいに、われわれもヘンシーン！　といこうよ。タヌキやキツネみたいに、自由《じゆう》にばけるのもいいね」

といった。へこ太《た》くんが、

「かあさん〝なんにでもナレル宅急便《たっきゅうびん》〟あることしってる？」

ときいた。

「マンガの本《ほん》をよんでいたら広告《こうこく》があって、すみっこのほうに小《ち》さく〝なんにでもナレル宅急便《たっきゅうびん》〟出《で》てたんだよ。ねえ、たのんでみようよ」

と、へこ太《た》くんはいった。ちょこたろうさんは、

「とうさんは、カメになって、池《いけ》の底《そこ》でジッとくらしたいよ」

といった。へこ太《た》くんのもってきたマンガ本《ぼん》を見《み》ると、なるほど、小《ちい》さく「ナレル宅急便《たっきゅうびん》」の広告《こうこく》が出《で》ている。自分《じぶん》のなりたいものを書《か》いて送《おく》ると、ビデオソフトみたいなものを送《おく》ってくるのかもしれない。それを見《み》て勉強《べんきょう》すると、なりたいものになれるのだろうと、みんなはおもった。へこ太《た》くんが手紙《てがみ》を書《か》いた。

〈だれにも見《み》つからず、百万年《ひゃくまんねん》くらい長生《ながい》きするカメになりたい〉

しばらくすると返事《へんじ》がきた。

〈カメは品切《しなぎ》れです。かわりにカメレオンをとどけます。おわびにサービスします〉

ちょこたろうさんは、

「カメになれないのは残念《ざんねん》だけど、カメレオンもいいよ。いつかテレビで見《み》たけど、じつにノンビリうごくんだ。そのくせ、長《なが》い舌《した》ベロで、目《め》にもとまらぬ早《はや》わざでバッタなんかをとるんだからね。いいよ、いいよ、カメレオンは」

といって、舌《した》ベロをペロリと出《だ》してテーブルの上《うえ》にあったトンカツをなめた。

宅急便《たっきゅうびん》の中《なか》には、ビデオソフトも説明書《せつめいしょ》もはいっていなかった。

二月五日午後三時十五分《がついつかごごさんじじゅうごふん》ごろ、へこた・ちょこたろうさんの家《いえ》を、自然《しぜん》を守《まも》る会《かい》の人《ひと》たちがプラカードを持《も》ってとりまいている。

プラカードには〈バッタを食《た》べずに、米《こめ》かパンを食《た》べろ！〉と書《か》いてある。家《いえ》の中《なか》はもの音《おと》ひとつしない。一月《がつ》に八百《ぴゃく》ぴきいたカメレオンは、へこたさんたちと同《おな》じ色《いろ》になってしまった。そうして、へこたさんたちのからだの中《なか》へ、スーッとはいってきえてしまった。

へこたさんたちは、色《いろ》だけではなく、すがたも自由《じゆう》にかえることができるようになった。「バッタを殺《ころ》すな！」と、バッタのようにとびはねている主婦《しゅふ》（四八）は、よーく見《み》るとヒゲがはえている。そうです、へこた・ニャンタロウくんである。へこたさんちは、バッタをよく食《た》べる。だから自然《しぜん》を守《まも》る会《かい》の人《ひと》たちがやってきたのだ。警官《けいかん》が、

「みなさーん、もう、いいでしょう。お引《ひ》きとりくださーい。かいさーん、かい

さーん」

と、左《ひだり》の目《め》でアッチを見《み》て、右《みぎ》の目《め》でコッチを見《み》てさけんでいる。へこた・ちょこたろうさんである。へなこさんと、へこ太《た》くんはプラカードにばけてユラユラゆれている。


夜《よる》、ねる前《まえ》に、ネコのニャンタロウくんが、

「あしたは、水族館《すいぞくかん》へいってタコになる」

かあさんの、へなこさんは、

「あしたは、夕《ゆう》やけ空《ぞら》になって赤《あか》くなる」

へこ太《た》くんは、

「あしたは、大《おお》きな山《やま》になって、ねる」

とうさんの、ちょこたろうさんは、

「あしたは、カメになって池《いけ》にもぐる」

といった。

ぼくらのラブ・コール

上野《うえの》 瞭《りょう》

携帯電話《けいたいでんわ》のベルが鳴《な》ったのは、三時間目《じかんめ》の授業《じゅぎょう》の最中《さいちゅう》だった。

ぼくは、反射的《はんしゃてき》にポケット・ホンをつかんでいた。ぼくじゃないとわかっているのに、左手《ひだりて》が、勝手《かって》にそいつを取《と》りだしたのだ。もちろん、ぼくの左手《ひだりて》だけがそうしたのじゃない。ぼくのクラスは、男女合《だんじょあ》わせて三十人《にん》いるんだけれど、全員《ぜんいん》が、ベルの音《おと》と同時《どうじ》にポケット・ホンを握《にぎ》りしめていた。

黒板《こくばん》に「円錐《えんすい》の展開図《てんかいず》」を書《か》いていた学級担任《がっきゅうたんにん》のニボシだって、あわてて左手《ひだりて》をベルトに走《はし》らせたため、右手《みぎて》に持《も》っていたチョークを二つに折《お》ったくらいだった。

「ママ？」

電話《でんわ》は、いつものことだけれど、学級委員《がっきゅういいん》の房男《ふさお》にだった。

「うん、ぼくだよ。今《いま》、数学《すうがく》の時間《じかん》。うん、黒板《こくばん》の図形《ずけい》、ノートしてたところ。わかってるよ。うん、電子《でんし》レンジにいれるんだね。大丈夫《だいじょうぶ》。ゆっくりしてていいよ。うん、ぼくだってママを愛《あい》してるよ。ほんと。とってもね」

房男《ふさお》は額《ひたい》にたれた髪《かみ》を指《ゆび》でかきあげると、左手《ひだりて》のポケット・ホンに唇《くちびる》を触《ふ》れた。

教室《きょうしつ》のうしろまで聞《き》こえるほどの大《おお》きな音《おと》で、「チュッ」とキスの音《おと》を響《ひび》かせた。

ぼくは、口《くち》がむずむずした。肩《かた》をすくめるとため息《いき》をついた。ふざけた顔《かお》で、房《ふさ》男《お》の真似《まね》をする奴《やつ》も何人《なんにん》かいた。女子《じょし》の中《なか》には顔《かお》を見《み》あわせて、「やぁーね」と口《くち》の形《かたち》だけでいいあう奴《やつ》もいた。房男《ふさお》が澄《す》ました顔《かお》でノートを取《と》りだしたとき、ぼくらは舌打《したう》ちしながらポケット・ホンを机《つくえ》やカバンの中《なか》に投《な》げこんだ。

「いいおかあさんだな、ほんとに」

ニボシが、頭《あたま》のてっぺんから声《こえ》をだした。本当《ほんとう》はぼくらとおなじくらいカリカリしているくせに、むりして笑顔《えがお》を房男《ふさお》に向《む》けた。目《め》なんか泣《な》きそうだったし、まぶたはふるえているし、ニボシの顔《かお》はくしゃくしゃにしたティッシュ・ペーパーそっくりだった。

そりゃそうだろう。二学期《がっき》になってから一度《ど》もニボシのところに電話《でんわ》はかかってこなかったからだ。ぼくらが五年生《ねんせい》になったばかりの一学期《がっき》のはじめ、一度《ど》かかったきりだった。そのときの電話《でんわ》は間違《まちが》い電話《でんわ》で、それなのにニボシは奥《おく》さんからの

電話《でんわ》と早《はや》とちりして、

「ああ、加代子《かよこ》さん。ぼくです。修平《しゅうへい》。今《いま》、授業中《じゅぎょうちゅう》です。でも愛《あい》してます」

と大声《おおごえ》でいったのだ。

ぼくらは、色《いろ》の黒《くろ》いやせたニボシに、修平《しゅうへい》なんて名前《なまえ》のあることにびっくりしたが、それ以上《いじょう》に、そのすぐあとのニボシの言葉《ことば》にあきれてしまった。

「え、ピザ？　三丁目《ちょうめ》の吉川《よしかわ》さん？　もしもし」

すぐに間違《まちが》い電話《でんわ》と気《き》づいたニボシは、ぼくらが息《いき》をつめて見《み》ているのを知《し》ると、奥《おく》さんからの電話《でんわ》のふりをしつづけたのだ。

「あ、ピザをもらったんだね。三丁目《ちょうめ》の吉川《よしかわ》さんからね。よかったね、うん。食《た》べずに待《ま》っててくれるって。ぼくを愛《あい》しているから当然《とうぜん》だって。ありがとう、加代子《かよこ》さん。うん。ぼくもきみを死《し》ぬほど愛《あい》してるよ。ほんと」

ぼくはそのことを家《いえ》で話《はな》している。

「先生《せんせい》も大変《たいへん》ね」

これが、かあちゃんの反応《はんのう》。

「やってられねえな。まったく」

これは、とうちゃん。

ぼくとしては、ニボシでさえそこまでやるんだから、とうちゃんもかあちゃんも、もうちょっと頑張《がんば》って電話《でんわ》してくれよ……そういいたかったんだ。ぼくが一年生《ねんせい》のとき、とうちゃんもかあちゃんも、一日《にち》に一ぺんは電話《でんわ》してくれた。学期末《がっきまつ》にもらう通知票《つうちひょう》の「保護者評価欄《ほごしゃひょうからん》」にだって、『愛情度《あいじょうど》、優《ゆう》。教育熱意《きょういくねつい》、優《ゆう》』と「優《ゆう》」が並《なら》んでいた。二年生《ねんせい》、三年生《ねんせい》になると、一週間《しゅうかん》に一ぺんの電話《でんわ》になって、四年生《ねんせい》になると、一学期《がっき》に一ぺんくらいの電話《でんわ》になった。

これはぼくだけじゃなくて、クラスの者大半《ものたいはん》がおなじで、みんなそのことで変《へん》によそよそしくなった。一年生《ねんせい》の頃《ころ》をなつかしく思《おも》いだしたりした。授業《じゅぎょう》の間中《あいだじゅう》ポケット・ホンのベルが鳴《な》りひびき、「うん、ぼく」「そう、あたし」と教室全体《きょうしつぜんたい》がテレビの報道局《ほうどうきょく》みたいになり、「うん、愛《あい》してる」「パパ、大好《だいす》き」とハート・マークがシャボン玉《だま》ほど舞《ま》いあがっていたのだ。先生《せんせい》もまた、ぼくらの電話《でんわ》に目《め》を細《ほそ》めながら、自分《じぶん》のポケット・ホンでダンナさんと話《はな》していた。そう、一年生《ねんせい》のときの受《う》け持《も》ちは、ニボシじゃなくて、若《わか》くてきれいな女《おんな》の先生《せんせい》だった。

「ノブ君《くん》。食《た》べちゃいたいほど好《す》きよ。いやだァ、そんなこといっちゃ授業《じゅぎょう》できなくなるもの。ばッか、だめよ。やめてよ、ノブ君《くん》。あーあ、愛《あい》してる」

ぼくは、ちょうどとうちゃんと電話《でんわ》で話《はな》していたところだったけど、先生《せんせい》のその声《こえ》に気《き》を取《と》られて、ポケット・ホンを耳《みみ》から離《はな》してしまった。先生《せんせい》は、トリのから揚《あ》げを食《た》べるみたいに、ダンナさんの足《あし》をつかんでお尻《しり》をかじるのだろうかと考《かんが》えたりした。

「ばか。とうちゃんが愛《あい》してるといったのに、おまえは聞《き》いてなかっただろ。そういうことで、おまえはりっぱな大人《おとな》になれるのか」

そのあと、とうちゃんに怒鳴《どな》られた。

そんなとうちゃんが、ニボシの電話《でんわ》のことをいっても、今《いま》じゃ手《て》をひらひら振《ふ》るだけなんだ。それに、かあちゃんまでがとうちゃんの肩《かた》を持《も》つんだ。

「うちはね、ラーメン屋《や》だよ。そこらのハンバーガー・ショップじゃないんだよ。朝《あさ》はね、仕入《しい》れや仕込《しこ》みでとうちゃんだって忙《いそが》しいし、かあちゃんだってメンマ刻《きざ》んだりネギ切《き》ったりカツオブシかいたりしてんのさ。その合間掃除《あいまそうじ》だって洗濯《せんたく》だってしなけりゃならないし、あっという間《ま》にお昼《ひる》になるのよ。そりゃね、おまえに電《でん》話《わ》しなきゃとずっと考《かんが》えてるよ。でもね、テレビだって見《み》るひまはないし、電話《でんわ》どころじゃないのよ。携帯電話《けいたいでんわ》のプッシュ・ボタンに指《ゆび》をやろうとしてると、もうお昼《ひる》のお客《きゃく》がきたりしてさ、そうなると戦場《せんじょう》だよ」

「やめな、かあちゃん」

とうちゃんは、電話《でんわ》の話《はなし》になると眉《まゆ》をしかめた。

「こいつにそんなことといってもどうしようもないのよ。教育《きょういく》が悪《わる》いのよ、教育《きょういく》が。おれたちがな、かあちゃん。子《こ》どもだった頃《ころ》はどうだった？　オヤジだってオフクロだって『愛《あい》してる』なんていうのは、盆《ぼん》と正月《しょうがつ》と誕生日《たんじょうび》くらいだった。電話《でんわ》だって教室《きょうしつ》の外《そと》の廊下《ろうか》に並《なら》んでいるだけで、そいつが鳴《な》ると先生《せんせい》がでていって、交換手《オペレーター》みたいに『はい、横山君《よこやまくん》。電話《でんわ》よ』と呼《よ》んでくれただけじゃないか。それでもおれたちはグレずに大人《おとな》になったし、ラーメン屋《や》になった。それが今《いま》はどうだ。幼稚園《ようちえん》から大学《だいがく》までみんなちっぽけな電話《でんわ》ぶらさげていて、一日中《いちにちじゅう》『愛《あい》してる』とか『愛《あい》してるよ』とかいいあってるんだ。やな時代《じだい》だね。それいわなきゃどうなるってんだ！」

「とうちゃん！」

かあちゃんが、とうちゃんのひじを引《ひ》っぱった。

「誰《だれ》かに聞《き》かれたらどうするの？　政府《せいふ》の方針《ほうしん》だよ」

「てやんでえ。文部大臣《もんぶだいじん》、呼《よ》んできやがれ！」

とうちゃんは、かあちゃんの手《て》を振《ふ》りはらった。そのまま口《くち》を歪《ゆが》めてコンピューターの前《まえ》に座《すわ》る。一日《にち》の売《う》り上《あ》げを打《う》ちこむと、前《まえ》の日《ひ》のそれとの比較《ひかく》を棒《ぼう》グラフに変換《へんかん》する。かあちゃんもため息《いき》をつくと、とうちゃんの横《よこ》でノート・パソコンの画面《がめん》を立《た》てる。仕入《しい》れの材料費《ざいりょうひ》や残量《ざんりょう》の数値《すうち》を打《う》ちこみはじめる。とうちゃんとかあちゃんの叩《たた》くキーボードの音《おと》だけがカタカタと響《ひび》く。

それを聞《き》いていると、ぼくはしみじみ思《おも》うのだ。

とうちゃんはかわいそうな人《ひと》なんだ。とうちゃんがこんなにも教育《きょういく》に理解《りかい》がなく、こんなにも「愛情電話《あいじょうでんわ》」の悪口《わるぐち》をいうのは、とうちゃんの子《こ》どもの時代《じだい》に、ポケット・ホンがなかったからだ。もし子《こ》どもの時代《じだい》に、今《いま》みたいに「宿題忘《しゅくだいわす》れても電話《でんわ》忘《わす》れるな」というハヤシ言葉《ことば》があって、とうちゃんもポケット・ホンを持《も》っていたならば、たとえ一年生《ねんせい》の間《あいだ》だけにしても、親《おや》から「愛《あい》してるよ」「愛《あい》してる」といわれて、愛情表現《あいじょうひょうげん》のゆたかな大人《おとな》になったと思《おも》うんだ。そういう経験《けいけん》がないから、とうちゃんはラーメンのことばっかり考《かんが》え、ぼくのことや電話《でんわ》のことなんか、どうでもいいように考《かんが》えるようになったんだ。

ぼくは、とうちゃんに、房男《ふさお》のママなんかに負《ま》けないりっぱな人《ひと》になってほしいんだ。ぼくは、とうちゃんを愛《あい》しているんだもの。

「もしもし、おまえかね?」

ぼくのポケット・ホンが鳴《な》ったのは、三学期《がっき》になってしばらく経《た》った頃《ころ》だった。教室《きょうしつ》の窓《まど》から見《み》えるポプラの枝《えだ》に、小雪《こゆき》まじりの風《かぜ》がからむ午後《ごご》だった。図工《ずこう》の時《じ》間《かん》で、ぼくらは、集積回路《しゅうせきかいろ》をのせたチップの巨大《きょだい》な模型《もけい》を作《つく》っていた。

鈴虫《すずむし》の鳴《な》くようなベルの音《おと》が響《ひび》いたとき、いつものように、みんないっせいに自《じ》分《ぶん》の電話《でんわ》を取《と》りだした。ニボシは、半導体《はんどうたい》の説明《せつめい》を黒板《こくばん》に書《か》いていたのだが、あわてでやっぱりチョークを二つに折《お》ってしまった。房男《ふさお》は、電話《でんわ》が自分《じぶん》じゃないとわかると、「どうして? ママ」と泣《な》きそうな声《こえ》をだした。

ぼくは、胸《むね》をそらすとポケット・ホンの応答《おうとう》ボタンを押《お》した。笑《わら》いたくなる気持《きも》ちを、必死《ひっし》でこらえた。わかっていたことだった。もうぼつぼつ電話《でんわ》がかかってくるはずだと、待《ま》っていたところだった。

「とうちゃんだね? ぼく」

ぼくは、クラスの奴《やつ》が「ヒエーッ」と驚《おどろ》きの声《こえ》をあげるのを聞《き》いた。

「元気《げんき》かね?」

とうちゃんの声《こえ》は、かすれてすこし聞《き》きとりにくかった。

「かあちゃんは、そのう、元気《げんき》にしてるかね?」

ぼくは眉《まゆ》をしかめた。そういうことを聞《き》くための電話《でんわ》じゃないだろうと思《おも》った。

「もしもし、とうちゃん。今《いま》、授業中《じゅぎょうちゅう》でね、そいで、ぼく、電気《でんき》ごてで溶接《ようせつ》してるところなんだ」

「ラーメンのダシは誰《だれ》が取《と》ってるのかね。かあちゃんかおまえか?」

「とうちゃん。ぼくはとうちゃんを愛《あい》してるんだよ。だからとうちゃんも、それいってくれなきゃ」

ポケット・ホンの向《む》こうから、ふいに沈黙《ちんもく》が流《なが》れだしてきた。沈黙《ちんもく》は木枯《こが》らしのように冷《つめ》たくて、言葉《ことば》よりも強《つよ》い力《ちから》でぼくの鼓膜《こまく》を圧迫《あっぱく》した。ぼくは指先《ゆびさき》で耳《みみ》の中《なか》をかきまわした。

「とうちゃん。ぼくを愛《あい》してくれてんだろ？」

受話器《じゅわき》の穴《あな》からため息《いき》が流《なが》れてきた。

「あ、愛《あい》してるよ。愛《あい》してるっていえばいいんだろ。とうちゃんはな、ここにきてから、一日中《いちにちじゅう》、『愛《あい》してる』『愛《あい》してる』っていいつづけてんだ。飯《めし》を食《く》いたきゃ『愛《あい》してる』といわなきゃならないし、トイレにいくときも『愛《あい》してる』と大声《おおごえ》でいうんだ。一日《にち》に百回《ひゃっかい》も二百回《にひゃっかい》も『愛《あい》してる』と叫《さけ》ぶんだ。だから、おまえに『愛《あい》してる』というくらい簡単《かんたん》だ。好《す》きなだけいってやるよ。しかしな、とうちゃんは、そういうことといわなくてもいい昔《むかし》の暮《く》らしを愛《あい》してるんだ！」

電話《でんわ》はそこでプツンと切《き》れた。

ぼくは恥《は》ずかしくて、ニボシの顔《かお》が見《み》られなかった。

とうちゃんはまだ病気《びょうき》なのだ。ちゃんと治《なお》っていないのだと思《おも》った。第《だい》七矯正収《きょうせいしゅう》容所《ようじょ》の中《なか》で、まだまだとうちゃんに頑張《がんば》ってもらわねば、警察《けいさつ》に電話《でんわ》したぼくの、とうちゃんへの愛情《あいじょう》がむだになるのだ。

とうちゃんは、大盛《おおもり》ラーメンを作《つく》っているとき、逮捕《たいほ》された。そのニュースはテレビでも流《なが》れ、次《つぎ》の日《ひ》、学校《がっこう》でも校長先生《こうちょうせんせい》が全校生徒《ぜんこうせいと》の前《まえ》で話《はな》した。

「いいですか、みなさん。この学校《がっこう》からも親孝行《おやこうこう》の生徒《せいと》がまたひとりでました。名誉《めいよ》なことです」

ぼくは、全校生徒《ぜんこうせいと》の拍手《はくしゅ》の中《なか》で、銀製《ぎんせい》の校章入《こうしょうい》りポケット・ホンをもらったのだ。

とうちゃん。だから頑張《がんば》ってね。ぼくを愛《あい》してるなら。ぼく、とうちゃんを愛《あい》してる。

小《ちい》さい草《くさ》からのながめ

安《あん》東《どう》みきえ

チカの大好《だいす》きなおばあちゃんが病気《びょうき》で入院《にゅういん》してから、ママはとてもいそがしくなり、チカにはさびしいことがおおくなった。

「おばあちゃん　ぐあいはどうですか　ちかはげんきです。ママがいそがしいのでちかはりぼんを　じぶんでむすべるようにれんしゅうしてます　またおみまいにいきます」

ママと買《か》い物《もの》にいくとちゅうのポストに、チカはせのびをして手紙《てがみ》をいれた。

商店街《しょうてんがい》のほどうの上《うえ》に、テントウ虫《むし》がはっていた。たくさんのくつにつぶされないよう、チカはしゃがみこみ、自分《じぶん》のゆびにとまらせた。

ゆびをかかげて立《た》った時《とき》、人《ひと》ごみの中《なか》、ママのすがたがきえていた。妹《いもうと》をのせた空色《そらいろ》のベビーカーも、おひさま色《いろ》のママのスカートも見《み》つからない。灰色《はいいろ》のスカートや黒《くろ》いズボンが、かべのようにチカの前《まえ》に立《た》ちふさがる。

「あ、ママ」

かべのすきまに、おひさま色《いろ》を見《み》つけたチカは、たくさんの足《あし》をすりぬけてやっとりょう手《て》でつかまえた。

「ママ、ママ、どこにかくれてたの？」

ふくれてチカが見上《みあ》げると
「あら、ママとまちがえちゃったかしら？」

つかまったスカートの上《うえ》で、しらない顔《かお》がチカを見《み》おろす。

チカは、はじかれたようにかけだした。かけだしたとたん、目《め》の前《まえ》をまっ黒《くろ》なカーテンがさえぎる。カーテンと見《み》えたのは黒《くろ》い前《まえ》かけ、魚屋《さかなや》のおじさん。手《て》に下《さ》げた銀色《ぎんいろ》の魚《さかな》が口《くち》をパクパクさせて、チカだけにきこえる声《こえ》でささやいた。

「チカはママにはあえないよ。このまま死《し》ぬまであえないよ」

チカは前《まえ》も見《み》ないでにげだし、だれかの足《あし》につまずいてころぶ。でもすぐに立《た》ちあがると、またかけだした。

赤《あか》いテントウ虫《むし》はにぎりしめたこぶしの上《うえ》、針《はり》で突《つ》いた血《ち》のように、じっとはりついたままでいた。

チカの目《め》にママのすがたがとびこんできた。

うれしくて、こんどこそ抱《だ》きつこうとしたとき、

「チカ、どこにいってたの？」

ママはせなかをむけて、妹《いもうと》のユリをベビーカーの中《なか》から抱《だ》き上《あ》げた。

「ユリがミルクをはいちゃった。チカ、ベビーカー押《お》してくれる？」

ママにつかまりたかった手《て》で、ベビーカーを押《お》す。

「チカはいいおねえちゃんね」

ママの片手《かたて》がチカの冷《ひ》えたほっぺをなでる。せめてその手《て》をほっぺと肩《かた》でつかまえようとするけれど、あたたかい手《て》はするりとにげ、妹《いもうと》のせなかにもどっていった。

ベビーカーは並木《なみき》の道《みち》をからからとすすむ。

チカはふりかえってママを見上《みあ》げる。

並木《なみき》の黒《くろ》い枝《えだ》が、空《そら》のひびわれのようにママのうしろをはっていた。

流《なが》しで洗《あら》うガラスのうつわがキリキリと、とがった音《おと》をたてている。

ママの声《こえ》がかさなる。

「あしたはチカがいるから、母《はは》の病院《びょういん》へいくあいだだけみててくれないかしら」

チカはママの着《き》ているエプロンのひもを、うしろでリボンにむすぼうとしていた。

つかれたパパの声《こえ》がこたえる。

「休《やす》めないんだよ」

ママはおばあちゃんの湯《ゆ》のみを、らんぼうにたなの奥《おく》に押《お》しやった。

きらきら光《ひか》るママのほうちょうが魚《さかな》を切《き》りさき、まな板《いた》の上《うえ》、桃色《ももいろ》の身《み》をあざやかにちらせる。

まだリボンがむすべないでいるうちに、ママが足早《あしばや》にテーブルにむかう。エプロンのひもはちょうちょになりそこね、からまった二ひきのへびのよう、ママの腰《こし》にだらりと下《さ》がる。

チカはパパのズボンに抱《だ》きついた。笑《わら》って見《み》おろすパパの視線《しせん》はチカをすどおりする。チカがせのびをしてみてもパパの目《め》の奥《おく》はのぞけない。

ママがふくテーブルの上《うえ》は、すぐに白《しろ》くきれいになる。でも、テーブルの裏《うら》にはよごれのしみがひろがっている。

そこはママにもパパにも見《み》えていない。

テーブルの下《した》にもぐってあそぶ、小《ちい》さなチカだけにしか見《み》えていない。

テーブルの上《うえ》にさらがおかれ、魚《さかな》は花《はな》びらにかたちをかえる。こんなふうにきれいになるために、お魚《さかな》はいたい思《おも》いをするのかしらとチカはふしぎに思《おも》う。


チカの髪《かみ》のリボンは、なかなかむすんでもらえずに、このごろはカラーゴムだけのポニーテール。

おばあちゃんの病院《びょういん》へいく日《ひ》、チカはリボンを妹《いもうと》のユリのところへもっていった。

チカはユリの髪《かみ》にリボンをむすぼうとするけれど、赤《あか》んぼの髪《かみ》はひよひよとにげてしまう。

「じっとしてて。ユリちゃんがかわいくなったら、ママ、笑《わら》ってくれるよ」

もうすぐむすべそうだったリボンを、ユリはひっぱり口《くち》にもっていく。

チカがけんめいにとりもどそうとしたとき、ユリが泣《な》きだした。ききつけたママが、チカをつきとばすようにしてユリを抱《だ》き上《あ》げた。

「チカ、だめでしょっ。リボンがユリの首《くび》にからまったらたいへんでしょ」

ママにつたえたいきもちは胸《むね》にあふれても、まだことばではうまくつたえられない。チカは泣《な》いてリボンをなげつける。

リボンはママの足《あし》もとで、くるくるとねじれておちた。

病院《びょういん》は古《ふる》く、くすりのにおいがしみついている。

からだの半分《はんぶん》と顔《かお》の半分《はんぶん》しか動《うご》かせなくなったおばあちゃんに、チカはなかなか慣《な》れない。病室《びょうしつ》のドアをあけた最初《さいしょ》はいつでもすこしだけこわい。ママがおばあちゃんの部屋《へや》にはいる。チカはうしろからそおっとのぞく。

おばあちゃんはちょうどリハビリ室《しつ》から帰《かえ》ってきたところ。婦長《ふちょう》さんの押《お》す車《くるま》いすにすわっていた。

車《くるま》いすにすわった人《ひと》の目《め》は、チカの目《め》とおなじ高《たか》さ。ミルクがかったうすい目《め》の色《いろ》が、チカの視線《しせん》を正面《しょうめん》からうけとめる。ひさしぶりにだれかからきちんと見《み》てもらえた気《き》がして、チカはきゅうにうれしくなる。

婦長《ふちょう》さんがママにいう。

「お子《こ》さんだけでたいへんでしょうに。毎日《まいにち》、おばあちゃんのお世話《せわ》にみえて、えらいわ」

車《くるま》いすの中《なか》、おばあちゃんは小《ちい》さく小《ちい》さく見《み》えてくる。

チカがかけより、おばあちゃんに耳《みみ》うちする。

「ママ、えらいの?」

おばあちゃんは顔《かお》の半分《はんぶん》だけで笑《わら》う。

ママは婦長《ふちょう》さんを見送《みおく》ってから、おばあちゃんに二言《ふたこと》三言《みこと》話《はな》しかけ、ユリをおぶい、せわしなく売店《ばいてん》にいってしまった。おばあちゃんはおでこをくっつけるようにしてチカの目《め》をのぞきこむ。それからひきだしをあけると、なにかをとりだした。

リボン。妖精《ようせい》の羽《はね》のようにすきとおった、ピンクのリボン。

チカをいすにすわらせたおばあちゃんが、そのリボンをチカのポニーテールにていねいにむすびつける。

時間《じかん》はとてもかかったけれど、羽《はね》もすこしふぞろいだけれど、チカの髪《かみ》にピンクのちょうちょがやさしくとまった。

「リハビリなの」

短《みじか》いことばしかいえなくなったおばあちゃんの、それがせいいっぱいのお話《はなし》。

チカの手紙《てがみ》をよんでから、片手《かたて》でリボンをむすぶためにおばあちゃんが、どれだけのれんしゅうをしたのかチカにはわからない。

おばあちゃんはひきだしの中《なか》から、お見舞《みま》いの果物《くだもの》などをくるんだリボンを次々《つぎつぎ》とりだし、ゆっくりという。

「チカのばん」

チカは大《おお》きくうなずき、病室《びょうしつ》のあちらこちらにリボンをむすびはじめる。

ベッドにも、車《くるま》いすにも、カーテンにも、コップにも。

ドアのすきまから風《かぜ》がふきこんだ。

それが口笛《くちぶえ》のようにひゅうと鳴《な》ったそのとき、リボンのちょうちょがいっせいに舞《ま》い立《た》った。

白《しろ》い病室《びょうしつ》の中《なか》を、すみれ色《いろ》、きみどり色《いろ》、たんぽぽ色《いろ》、さくら色《いろ》、色《いろ》とりどりのリボンのちょうちょが飛《と》びまわる。

リボンたちは風《かぜ》をはらみ、羽《はね》をひるがえし、高《たか》く飛《と》び、低《ひく》く飛《と》び、部屋《へや》じゅうを舞《ま》い踊《おど》る。

チカが笑《わら》い、かん声《せい》をあげた。

おばあちゃんが、チカの髪《かみ》ではずむちょうちょをたのしげに目《め》で追《お》っていた。

買《か》い物《もの》を終《お》えたママがもどり、ドアをバタンとしめた瞬間《しゅんかん》、部屋《へや》はしんとしずまった。

ママは部屋《へや》じゅうのリボンをながめ、小《ちい》さく笑《わら》ってため息《いき》をついた。

それからまたいそがしげに、おばあちゃんのすわった車《くるま》いすを窓《まど》ぎわによせ、買《か》いそろえてきたものをロッカーにしまいはじめた。

チカはおばあちゃんのそばによりそった。

ふたりで、風《かぜ》に鳴《な》る窓《まど》をながめた。

外《そと》は陽《ひ》のあたらない裏庭《うらにわ》。

丈《たけ》の低《ひく》い草《くさ》がはえ、立《た》ち枯《が》れたような木《き》がひっそりと立《た》っている。

夕《ゆう》ぐれのふしぎな時間《じかん》、白《しろ》い部屋《へや》は窓《まど》ガラスにうつり、外《そと》のけしきとまざりあう。

小《ちい》さな草《くさ》も古《ふる》い木《き》も、窓《まど》の中《なか》では、ぽっぽっぽっぽっとリボンの花《はな》を咲《さ》かせていた。

二月・如月・きさらぎ

ちいさな　ひょうざん

小《お》野《の》寺《でら》悦《えつ》子《こ》

はらっぱに　のこった
ゆきの　かたまり
ちいさな　ひょうざん

ありと　みみずが
やってきて
こんやの　デザートは
シャーベットにしよって　いうかな

それとも
きたかぜが　やってきて
あしたは　スキーの
すべりおさめしよって　いうかな

雪《ゆき》の上《うえ》
ぽったり来《き》たり
鶯《うぐいす》が

川端茅舎《かわばたぼうしゃ》

ぐうぜんの風景《ふうけい》

村中李衣《むらなかりえ》

雪《ゆき》みち

今朝《けさ》、新《あたら》しい雪《ゆき》がふった。

長《なが》ぐつで歩《ある》く慎一《しんいち》の両《りょう》わきを、雪《ゆき》かべがしんとして、ついてくる。

五メートル前《まえ》を、あこがれの前田咲《まえださき》が歩《ある》いていく。

咲《さき》の髪《かみ》は、雪《ゆき》にてらされてゆるく光《ひか》り、紅《あか》いランドセルのカタカタが、かすかにきこえてくる。

急《きゅう》にランドセルの音《おと》が近《ちか》くなった。

慎一《しんいち》は、はっとして、あごをあげた。

咲《さき》が、速足《はやあし》で遠《とお》ざかっていく。

慎一《しんいち》は、速足《はやあし》でついていった。

咲《さき》の足《あし》が、もっと速《はや》くなった。

慎一《しんいち》は、夢中《むちゅう》でついていった。

ふいに、咲《さき》がふりむいて、くちびるのはしで小《ちい》さくにらんだ。

慎一《しんいち》は、ぽかんと、雪《ゆき》かべのまん中《なか》に立《た》ちつくした。


咲《さき》のカタカタは、もうきこえない。

「ひとおつ、ふたあつ、みっつ……」

歩《ある》いていくと、道《みち》のはじっこに、湯気《ゆげ》があがっていた。

やまぶき色《いろ》をした、おしっこの湯《ゆ》だまりだった。


昼休《ひるやす》み、慎一《しんいち》はこっそり三年生《ねんせい》の教室《きょうしつ》を出《で》て、四年《ねん》二組《くみ》の教室《きょうしつ》をのぞいた。

友《とも》だちと笑《わら》いあっていた咲《さき》が、ふと、ふりむいた。

咲《さき》の目《め》が、いっしゅんとまどい、すっと横《よこ》にそれた。

慎一《しんいち》のまぶたのうらがわに、しみるようなやまぶき色《いろ》が、ひろがった。

なかゆび

黒《くろ》くて金色《きんいろ》のれいきゅうしゃが、とおった。

みんなでならんでみていたら、とつぜん、かずこちゃんが、

「はやく、おやゆびかくして！」

ハッとして、みんな、おやゆびを、にぎりこんだ。

きょうこちゃんも、みえちゃんも、しのちゃんも。

「じゅんちゃん、はよかくさんと、親《おや》が早死《はやじ》にするよ！」

かずこちゃんが、かしこそうにいった。

みんなが、わたしの親指《おやゆび》をみた。

「えへっ、あたし、にいちゃんに早死《はやじ》にしてほしいから、なかゆび、だーそお」

あれ

きょうこちゃんが、一歩前《ぽまえ》へ出《で》ていった。

「じゅんちゃん、そんなこといっていいと思《おも》っちょるん？」

みえちゃんも、一歩前《ぽまえ》へ出《で》た。

「おにいちゃんが早死《はやじ》にしても、じゅんちゃんは平気《へいき》なんかね？」

しのちゃんまで、一歩前《ぽまえ》へ出《で》た。

「そんなこといって、おとうさんとおかあさんが悲《かな》しむと思《おも》わんの？」

さいごに、かずこちゃんが、両手《りょうて》でこぶしをつくって、きっぱりいった。

「あたしなら、そんなこと、死《し》んだっていえん」

わたしは、じょうだんの中指《なかゆび》を、こそっとうしろにまわして、ひざのうしろを、ぽりぽりかいた。

ひさいち

学校《がっこう》から帰《かえ》るとちゅう、田《た》んぼの道《みち》で、うんこをみつけた。

赤茶色《あかちゃいろ》の大《おお》きくてふかふかしたやつだ。

だれかが、

「これ、さわれっか?」

といった。

りょうじが、ひとさし指《ゆび》で、つうっとついた。

みんな、

「おっ」

といった。

こうたが、

「なんか、それくらい。おれなんか、つかめっと」

といって、両手《りょうて》でつかんだ。

みんな、

「すげぇー」

といった。

「そんなら、くえっか？」

いちばんうしろにいたひさいちが、前《まえ》に出《で》て、とつぜんはらばいになると、うんこをぱくっと、くわえた。

「きったねえ——、うんこくったあ——」

おれたちは、ひさいちを残《のこ》し、田《た》んぼの草《くさ》をわしわし踏《ふ》んで歩《ある》いて帰《かえ》った。

たんていごっこ

にいちゃんとわたしは、週《しゅう》一回《かい》、北鎌倉《きたかまくら》の駅《えき》まで歩《ある》いて、ピアノのおけいこに通《かよ》った。

北鎌倉《きたかまくら》までは、細《ほそ》い細《ほそ》い山道《やまみち》。

「たんていごっこをしよう」

にいちゃんが、いう。

いつもわたしが犯人《はんにん》。にいちゃんがたんてい。犯人《はんにん》は前《まえ》を向《む》いて、急《いそ》ぎ足《あし》で歩《ある》かなければならない。たんていは、ずっとうしろをゆっくり歩《ある》く。

わたしは何度《なんど》も、にいちゃんをふりかえる。にいちゃんは、前《まえ》を向け《む》、の合図《あいず》をする。

息《いき》をとめてへび階段《かいだん》をのぼりつめると、急《きゅう》に海《うみ》がひらける。そこから海《うみ》を左《ひだり》にして、くだっていく。

わたしが前《まえ》。にいちゃんが、ずっとうしろ。ふたりだまって、くだっていく。

ある日《ひ》。行《い》き道《みち》の雨《あめ》が、帰《かえ》りにやんだ。犯人《はんにん》は、すぼめたかさをずるずるひきずって、前《まえ》を歩《ある》く。ふりむくと、たんていが、あごでしゃくる。

あきらめて、犯人《はんにん》はまた、ずるずる歩《ある》く。

とつぜん、かさをふりあげ、犯人《はんにん》がたんていにおそいかかった。たんていは、すばやく犯人《はんにん》のこうげきをかわした。わたしはもうれしくて、むちゅうでたんていに、かさをふりおろした。

かさの先《さき》が、たんていの胸《むね》をついた。

にいちゃんが、うっ、といって胸《むね》をおさえた。

「にいちゃん、にいちゃん?」

「うるさい」

にいちゃんは、ずんずん先《さき》を歩《ある》いていく。

泣《な》きながら、わたしは、あとを追《お》いかける。

坂道《さかみち》をはさんで、つつじがもえるように赤《あか》かった。

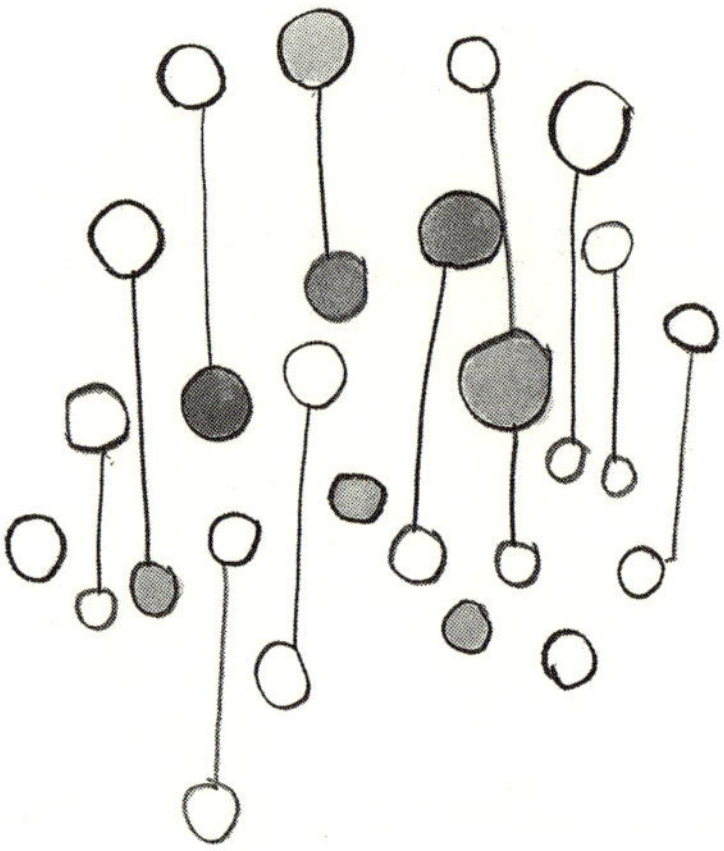

雪《ゆき》の中《なか》の青《あお》い炎《ほのお》

安《あ》房《わ》直《なお》子《こ》

列車《れっしゃ》は、雪《ゆき》の中《なか》に、もう二時間《じかん》も止《と》まっていました。

少《すこ》し先《さき》の踏切《ふみきり》で事故《じこ》があって、まだ復旧《ふっきゅう》の見通《みとお》しがたたない事《こと》を、車内放送《しゃないほうそう》が、幾度《いくど》もくりかえしていました。怒《おこ》る事《こと》にも、さわぐ事《こと》にもくたびれてしまった乗客《じょうきゃく》は、ひとりひとりが植物《しょくぶつ》にでもなったように、黙《だま》りこくって、それぞれの座席《ざせき》に、じっとすわっていました。閉《し》め切《き》った車内《しゃない》に、けだるい疲労《ひろう》の空気《くうき》が満《み》ちていました。

(みんないったい、どこへ行《い》くところなんだ。どんな用事《ようじ》で、この列車《れっしゃ》に乗《の》ったんだか知《し》らないが、よくまあ、おちついていられるもんだ。)

時計《とけい》をながめながら、そわそわと、立《た》ったりすわったりしているのは、藤野《ふじの》さんひとりでした。

「まあおちつきなさい。そんなにいらいらしたって、どうにもなるもんじゃない。」

となりの席《せき》の老人《ろうじん》が、たしなめるように、藤野《ふじの》さんの肩《かた》をたたきました。その手《て》をはらいのけて、藤野《ふじの》さんは、かみつくようにさけんだのです。

「急《いそ》いでるんだ！　妹《いもうと》が病気《びょうき》で、死《し》ぬか生《い》きるかなんだ。」

藤野《ふじの》さんの目《め》は、列車《れっしゃ》の進《すす》む方向《ほうこう》にまっすぐむいていました。幾輛《いくりょう》も幾輛《いくりょう》もつながった車輛《しゃりょう》の、ドアからドアをつきぬけて、何《なん》キロも先《さき》の、ふるさとの町《まち》へ——。ゆうぐれの雪《ゆき》の中《なか》に、ひっそりとあかりをともしているなつかしい小《ちい》さい駅《えき》へ。

「あと二駅《ふたえき》だっていうのに……。」

藤野《ふじの》さんは、いらいらと、足《あし》ぶみしました。この時《とき》、ずっとうしろの席《せき》の乗客《じょうきゃく》が、よく通《とお》る声《こえ》で、こんな事《こと》を言《い》いました。

「そんなら、車《くるま》とばして行《い》ったらどうですか。ここで待《ま》ってたって、列車《れっしゃ》はいつ動《うご》き出《だ》すかわからない。ひょっとして、このままあしたの朝《あさ》まで待《ま》ちぼうけかもしれませんよ。」

ああ、それもそうだと、藤野《ふじの》さんは、小《ちい》さくうなずきました。窓《まど》の外《そと》に目《め》をやると、もうほの暗《ぐら》く暮《く》れかけた雪原《せつげん》のむこうに、国道《こくどう》らしい道《みち》が一本《ぽん》、線路《せんろ》と並行《へいこう》して続《つづ》いていました。

(全《まった》くだ。どうして早《はや》く気《き》がつかなかったんだろう。)

藤野《ふじの》さんは、列車《れっしゃ》を降《お》りようと思《おも》いました。雪《ゆき》の中《なか》を、ひとっとびに、あの国道《こくどう》まで、かけて行《い》って、走《はし》って来《く》る車《くるま》を止《と》めて、おがみたおして、目的《もくてき》の町《まち》まで乗《の》せてもらおうと思《おも》いました。そうだ、それが一番《いちばん》の早道《はやみち》だ……。藤野《ふじの》さんは、コートをはおり、網《あみ》だなから小《ちい》さいかばんを下《お》ろしました。

「それじゃ。」

誰《だれ》にともなく、そんなあいさつをすると、藤野《ふじの》さんは、自分《じぶん》の席《せき》を離《はな》れました。それから通路《つうろ》を走《はし》って、つきあたりのドアをあけました。列車《れっしゃ》の出入口《でいりぐち》の自動《じどう》ドアは、がらんと開《あ》いていて、冷《つめ》たい風《かぜ》が、ひゅーひゅー吹《ふ》きこんでいました。藤野《ふじの》さんはかばんを肩《かた》にかけると、デッキから外《そと》へ、ふわりととび下《お》りたのです。藤野《ふじの》さんの体《からだ》は、まるで一枚《まい》の木《こ》の葉《は》のように、かるがると雪《ゆき》の上《うえ》に落《お》ちました。

この時《とき》、藤野《ふじの》さんは、ふっと妹《いもうと》の声《こえ》を聞《き》いたような気《き》がしました。兄《にい》ちゃん、兄《にい》ちゃんと呼《よ》ぶその声《こえ》は、やがて、電線《でんせん》をうならせる風《かぜ》の音《おと》といっしょになって、ひろびろと広《ひろ》がった白《しろ》い野原《のはら》に消《き》えて行《い》きました。

「杉子《すぎこ》……。」

藤野《ふじの》さんは、そっと妹《いもうと》の名前《なまえ》を呼《よ》んでみました。

「今行《いまい》くぞ。待《ま》ってるんだぞ。」

一歩《ぽ》ふみ出《だ》すと、藤野《ふじの》さんの足《あし》は、ずぶずぶと、ひざのあたりまで雪《ゆき》に沈《しず》みました。その雪《ゆき》の中《なか》を、這《は》うようにして、どうやらやっと国道《こくどう》までたどりついて、藤野《ふじの》さんは、ほーっと白《しろ》い息《いき》をはきました。それから、目《め》をこらして、車《くるま》をさがしましたが、どうした事《こと》でしょう。車《くるま》は、一台《だい》も見《み》あたらないのです。国道《こくどう》は、ふしぎな銀《ぎん》色《いろ》をして静《しず》まりかえり、ただもう真一文字《まいちもんじ》に、どこまでも続《つづ》いているばかりでした。

「どうしてこう、運《うん》が悪《わる》いんだ。」

藤野《ふじの》さんは、いらいらして頭《あたま》をふりました。と、この時《とき》、道《みち》のむこうがわに、たった一台《だい》の白《しろ》い車《くるま》が、ぽつりと止《と》まっているのを、藤野《ふじの》さんは見《み》たのです。

とても小《ちい》さな車《くるま》でした。そのくせ、四角《しかく》くて、救急車《きゅうきゅうしゃ》のようなかたちをしていて、その白《しろ》い車体《しゃたい》には、赤《あか》い花《はな》が一輪《りん》はりつけてある……そう思《おも》って、よく見《み》ると、それは小《ちい》さな赤《あか》い十字《じゅうじ》の印《しるし》なのでした。車《くるま》の前《まえ》では、黒《くろ》いゴムがっぱを着《き》た、妙《みょう》なかんじの男《おとこ》が、メガホン片手《かたて》に何《なに》かさけんでいます。

「ようし、あれだ。」

藤野《ふじの》さんは、その白《しろ》い車《くるま》にむかって走《はし》りました。

「お願《ねが》いします!」

車《くるま》のそばまで行《い》って、藤野《ふじの》さんは、そうさけびました。すると相手《あいて》も、全《まった》く同《おな》じ事《こと》を言《い》ったのです。

「お願《ねが》いします!」

別々《べつべつ》の口《くち》からとび出《で》た、ふたつの言葉《ことば》が、かちんと、ぶつかりあいました。藤野《ふじの》さんは、ぽかんと相手《あいて》を見《み》つめました。と、そのすきに、メガホンの男《おとこ》は、早口《はやくち》に、まくしたてました。

「献血《けんけつ》をお願《ねが》いします。さっきの事故《じこ》で、けが人《にん》が出《で》ました。血液《けつえき》が足《た》りません。」

(献血《けんけつ》?)

藤野《ふじの》さんは、いやな顔《かお》をしました。

「そんなひまはないんだ。ぼくは、とても急《いそ》いでいるんだ。妹《いもうと》が重《おも》い病気《びょうき》で……。」

そこまで言《い》いかけて、藤野《ふじの》さんは、口《くち》をつぐみました。妹《いもうと》も、輸血《ゆけつ》をしていると聞《き》きました。町《まち》の人《ひと》たちが、おおぜい協力《きょうりょく》してくれていると聞《き》きました。こういう時《とき》には、自分《じぶん》もひとのために、素直《すなお》に力《ちから》をかすべきかもしれない……。

藤野《ふじの》さんは、コートをぬぎました。セーターの腕《うで》をまくって、

「それじゃ、早《はや》いとこお願《ねが》いしますよ。ぼくは急《いそ》いでいるんだから。」

と言《い》いました。メガホンの男《おとこ》は、ほっとしたように笑《わら》いました。

「ありがとうございます。では、そこにすわってください。」

気《き》がつくと、目《め》の前《まえ》に、きのこのようないすがあります。

「さあ、らくにして。目《め》をつぶって。」

藤野《ふじの》さんは、いすにすわって、そのとおりにしました。すると、左腕《ひだりうで》に、ゴムのようなものが巻《ま》きつけられ、注射《ちゅうしゃ》の針《はり》が、チクリとささりました。藤野《ふじの》さんは、目《め》

をつぶったまま、

(杉子《すぎこ》がんばれ、杉子《すぎこ》がんばれ。)

と、心《こころ》の中《なか》でとなえました。すると、自分《じぶん》の血《ち》が、そのまま杉子《すぎこ》のために使《つか》われていくような、そんな気《き》がしてきたのです。青白《あおじろ》い杉子《すぎこ》の顔《かお》が、みるみるうちに、ぽうっと赤《あか》く生気《せいき》をとりもどしていくようすまでが、目《め》にうかびました。

「はい、ありがとう。しばらくおさえていてください。」

男《おとこ》は、針《はり》をぬいたあとに、綿《わた》を当《あ》てました。その綿《わた》で、腕《うで》をもみながら、藤野《ふじの》さんは、やっときりだしました。

「お願《ねが》いがあります。ぼくは急《いそ》いで、K町《ケイまち》まで行《い》かなければなりません。妹《いもうと》が、重《おも》い病気《びょうき》なんです。一刻《いっこく》をあらそうんです。それで、なんとか、この車《くるま》で送《おく》ってもらえないでしょうか。」

終《お》わりのほうは、のどがひきつれて、へんなかすれ声《ごえ》になりました。すると、メガホンの男《おとこ》は、気《き》の毒《どく》そうな顔《かお》をしました。

「困《こま》りましたなあ。この車《くるま》は、これから、けが人《にん》の所《ところ》へ、血液《けつえき》を届《とど》けに行《い》かなければなりません。けが人《にん》は、子《こ》どもばかり五人《にん》もいましてねえ、やはり一刻《いっこく》をあらそうんです。」

それから、男《おとこ》はうつむいてしばらく考《かんが》えこんでいましたが、ひょいと顔《かお》を上《あ》げると、こんなことを言《い》いました。

「K町《ケイまち》なら、近道《ちかみち》を知《し》ってますよ。あなたの足《あし》で、四十分《ぷん》も歩《ある》けば、たどりつけますよ。」

「近道《ちかみち》？」

藤野《ふじの》さんは、驚《おどろ》いてしまいました。そんな道《みち》があるのなら、自分《じぶん》のほうこそ、とっくの昔《むかし》に知《し》っているはずです。ところが、男《おとこ》は、ちょっと声《こえ》を小《ちい》さくして、

「ええ。我々《われわれ》だけの秘密《ひみつ》の道《みち》です。献血《けんけつ》していただいたお礼《れい》に、お教《おし》えしましょう。いいですか。あすこの電信柱《でんしんばしら》のところから、右《みぎ》にはいってください。それから……。」

と、もう道案内《みちあんない》をはじめました。藤野《ふじの》さんは、ふんふんと、うなずきながら聞《き》きま

した。すると、だんだん、なんとなく、そんな近道《ちかみち》があったような気《き》がして来《き》ました。いいえ、子《こ》どもの頃《ころ》に一回《かい》ぐらい、そんな道《みち》を、通《とお》った事《こと》があったように思《おも》えて来《き》ました。

そうです。あれは、七つの時《とき》でした。三つになったばかりの杉子《すぎこ》をせおって、笹《ささ》の葉《は》を、かきわけかきわけ、足《あし》をきずだらけにして、汽車《きしゃ》を見《み》に行《い》った時《とき》でした。あの道《みち》には、青《あお》い花《はな》が、たくさん咲《さ》いていました。それは、あじさいのような、大《おお》きなかたまりの花《はな》でした。にじんで、ゆらゆらゆれる青《あお》い花《はな》の群《む》れでした。

藤野《ふじの》さんは、道《みち》を聞《き》き終《お》わると、

「ありがとう。」と、おじぎをしました。すると、メガホンの男《おとこ》は、こんな事《こと》を、言《い》いました。

「夜《よる》になって来《き》ました。道《みち》は、寒《さむ》いです。これをお持《も》ちください。」

黒《くろ》いゴムがっぱの中《なか》から、男《おとこ》が取《と》り出《だ》した物《もの》は、金属《きんぞく》でできた、園芸用《えんげいよう》の小《ちい》さいシャベルでした。藤野《ふじの》さんが、ぽかんとしていますと、男《おとこ》は、

「きっと役《やく》にたちますから。」
と、藤野《ふじの》さんの手《て》に、無理《むり》にシャベルを、にぎらせたのです。男《おとこ》の手《て》は、びっくりするほど毛《け》むくじゃらでした。

シャベルを、コートのポケットに入《い》れて、藤野《ふじの》さんは、教《おし》えられた道《みち》を、歩《ある》きはじめました。その道《みち》は、国道《こくどう》からそれて、桑畑《くわばたけ》の中《なか》に、ほそぼそと続《つづ》いてゆくのです。雪《ゆき》の上《うえ》はほそくふみしだかれて、ちょうど人《ひと》ひとりが、歩《ある》けるようになっていました。

(なるほど、汽車《きしゃ》が止《と》まってしまったんで、こんな道《みち》を利用《りよう》する人《ひと》も、いるんだなあ。)
と、藤野《ふじの》さんは思《おも》いました。道《みち》は、ゆっくりと、くだり坂《ざか》になってゆきました。

それにしても、なんと寒《さむ》いのでしょうか。まだいくらも歩《ある》かないうちに、藤野《ふじの》さんの手足《てあし》は、しびれるようにつめたくなりました。首《くび》すじには、風《かぜ》が、ひゅーひゅーと吹《ふ》きこんで、マフラーを巻《ま》いても、えりを立《た》てても、まだまだ寒《さむ》いのです。

「近道《ちかみち》なんだから仕方《しかた》ない。寒《さむ》いくらいがまんしなけりゃ。」

と、藤野《ふじの》さんは、つぶやきました。止《と》まったままの列車《れっしゃ》の中《なか》で、いらいらと待《ま》っているよりも、ともかく歩《ある》いているほうが、ずっと楽《らく》だと思《おも》いました。

いつか雪《ゆき》はやんで、遠《とお》い木立《こだち》の上《うえ》に、金色《きんいろ》の星《ほし》が、光《ひか》りました。藤野《ふじの》さんの心《こころ》は、ふっと明《あか》るくなりました。

ああ、いつもそうなんだ。あの星《ほし》は、都会《とかい》にいても、いなかにいても、一番《いちばん》に光《ひか》る星《ほし》なんだ……。藤野《ふじの》さんは、その星《ほし》が、けなげにまたたきながら、妹《いもうと》の命《いのち》を守《まも》ってくれているような、そんな気《き》がしてきました。

星《ほし》をみつめながら、どれほど歩《ある》いたでしょうか。

とつぜん、右《みぎ》がわの笹《ささ》やぶが、ざわっとゆれて、その中《なか》から、こんな声《こえ》が聞《き》こえてきました。

「寒《さむ》いね。」

すると、左《ひだり》がわの笹《ささ》の中《なか》から、別《べつ》の声《こえ》が、

「寒《さむ》いね。」と言《い》いました。

「火《ひ》がほしいね。」

「火《ひ》がほしいね。」

そこで、藤野《ふじの》さんは、足《あし》を止《と》めて、思《おも》わずあいづちをうちました。

「ああ、火《ひ》がほしいね。」

するとたちまち、笹《ささ》の中《なか》の声《こえ》は、いっせいに言《い》いました。

「シャベルでちょっと、雪《ゆき》をほってごらんよ。」

「シャベルで？」

藤野《ふじの》さんは、右手《みぎて》をポケットに入《い》れて、さっきもらったシャベルを取《と》り出《だ》しました。

「シャベルで雪《ゆき》なんかほったって……。」

ぶつぶつ言《い》いながら、それでも藤野《ふじの》さんは、笹《ささ》やぶの中《なか》から聞《き》こえてくる声《こえ》が、あんまりかわいい声《こえ》なので、言《い》う通《とお》りにしてみる気《き》になりました。

藤野《ふじの》さんは、しゃがんで、足《あし》もとの雪《ゆき》を少《すこ》しほってみました。雪《ゆき》は、ざりざりと音《おと》をたてました。

この時《とき》、笹《ささ》やぶの中《なか》から、こんな歌声《うたごえ》が、わきおこったのです。

「青《あお》い花《はな》さん目《め》をさませ
雪《ゆき》の下《した》から、もえあがれ。」

すると……浅《あさ》く小《ちい》さくほった雪《ゆき》の穴《あな》の中《なか》が、ぽうっと青《あお》くなりました。

藤野《ふじの》さんは、目《め》をみはりました。顔《かお》を近《ちか》づけてよくよくながめると、それは炎《ほのお》でした。まるで、いつか見《み》た青《あお》い花《はな》とそっくりの色《いろ》をした小《ちい》さな火《ひ》が、雪《ゆき》の中《なか》にゆらゆらゆらめいているのでした。藤野《ふじの》さんは、片手《かたて》を、その上《うえ》に、そっとかざしてみました。

すると、炎《ほのお》は、みるみる大《おお》きくなり、めらめらとふくらんで、たちまちのうちに、ふしぎな青《あお》いたき火《び》ができあがりました。

「火《ひ》ができた。」

「火《ひ》ができた。」

両《りょう》がわのやぶが、にわかにさわがしくなりました。

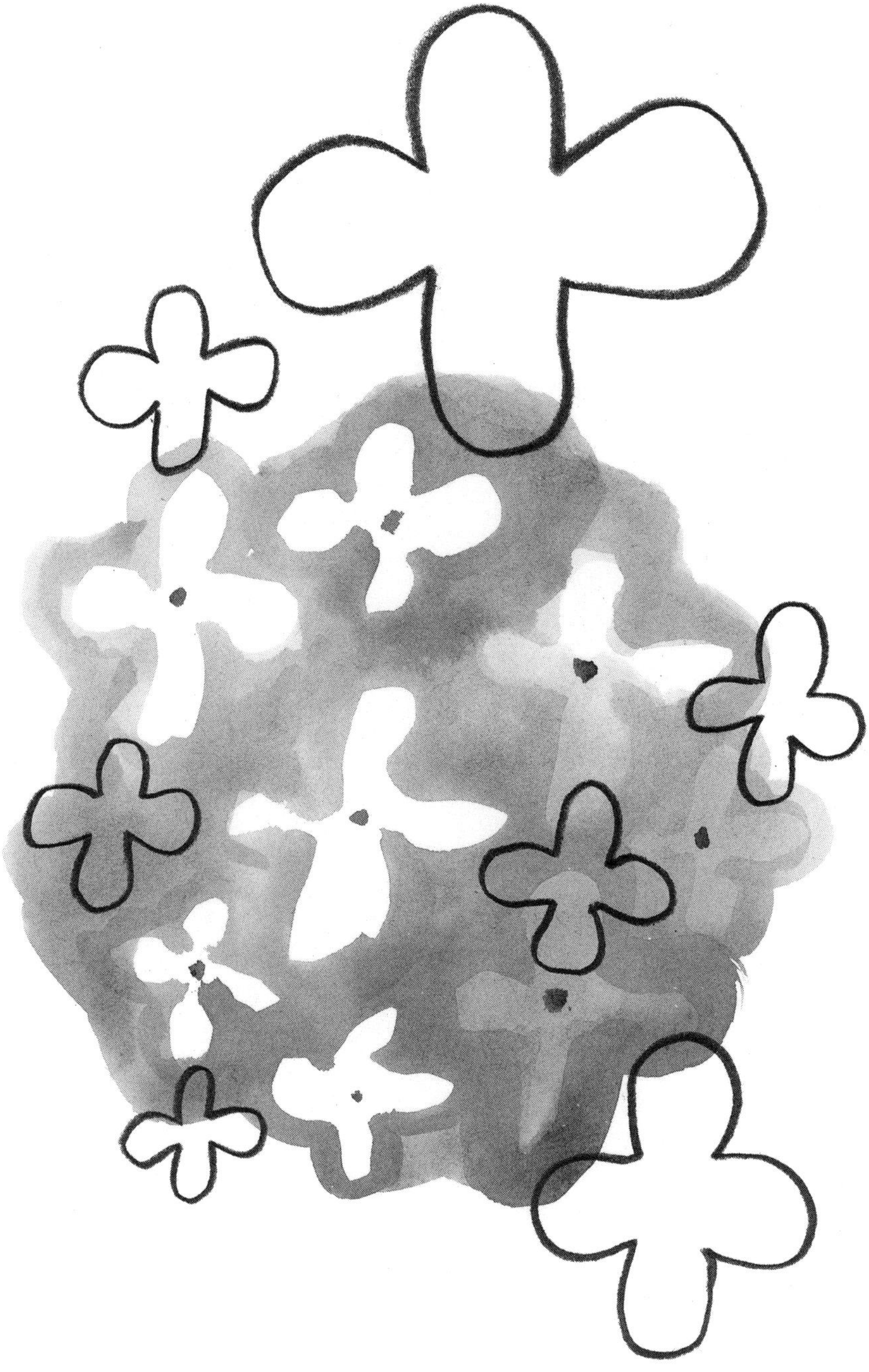

「あたらせてもらえますか。」

やぶの中《なか》の声《こえ》は、またいっせいにたずねました。

「いいですよ。」

藤野《ふじの》さんは、手《て》をあぶりながら、答《こた》えました。すると、ざざざーっと、両《りょう》がわの笹《ささ》がゆれて、雪《ゆき》が、ぱらぱら落《お》ちると、次々《つぎつぎ》に姿《すがた》を見《み》せたのは、なんと、子《こ》ぎつねです。子《こ》ぎつねは、全部《ぜんぶ》で六匹《ぴき》——いいえ、その中《なか》の一匹《ぴき》は、体《からだ》が大《おお》きくて、どうやら母《はは》ぎつねのようでした。そして、子《こ》ぎつねたちはみんな、足《あし》に、ほうたいを巻《ま》いているのです。一番小《いちばんちい》さい子《こ》ぎつねは、頭《あたま》をけがしていました。

「みんな、けがをしてるんだねえ。」

藤野《ふじの》さんが、いたわるように言《い》うと、母《はは》ぎつねは、うなずきました。

「はい。さっきの事故《じこ》で、ひどい目《め》にあいまして、もうすこしで、死《し》ぬところでした。」

「そりゃ、たいへんだったねえ。」

「はい。でも、あなた様《さま》から血《ち》をいただきましてどうやらみんな元気《げんき》になりました。お礼《れい》の申《もう》しあげようもございません。」

「…………」

藤野《ふじの》さんは、仰天《ぎょうてん》しました。

「そ、それじゃ、さっきの献血車《けんけつしゃ》は……あれは、あれは、きつねの車《くるま》だったのか。それで、あの男《おとこ》は……。」

「はい、あれは、父親《ちちおや》のきつねです。私《わたし》たちの血《ち》だけでは、とてもたりなくてお力《ちから》をかりました。」

「なるほどなあ……。」

藤野《ふじの》さんは感心《かんしん》して、ぺたんと雪《ゆき》の上《うえ》にすわりました。そして、肉親《にくしん》の愛情《あいじょう》というのはたいしたものだと、思《おも》ったのでした。

「さあ、もっと火《ひ》のそばへおいで。」

藤野《ふじの》さんは、手《て》まねきしました。

「みんな、ようくあたたまるといいよ。ぼくにも妹《いもうと》がいてね、今《いま》、病気《びょうき》と、たたかっているんだ。早《はや》く行《い》ってやらなきゃならないんだが、体《からだ》がこごえそうだから、しばらくあたって、それから出発《しゅっぱつ》しようと思《おも》っているのさ。」

子《こ》ぎつねたちは、そろりそろりと火《ひ》のそばへ集《あつ》まって来《き》ました。それから、いくつもの小《ちい》さい両手《りょうて》を、火《ひ》にかざして、

「ぼくたちで、お祈《いの》りしてあげましょう。」

と言《い》いました。母《はは》ぎつねも静《しず》かに言《い》いました。

「私《わたし》たちのお祈《いの》りは、きっときかれます。血《ち》をいただいたお礼《れい》に、妹《いもうと》さんのこと、いっしょうけんめい祈《いの》ってあげましょう。」

藤野《ふじの》さんは、ふっと胸《むね》があつくなって、口《くち》の中《なか》で小《ちい》さく、ありがとうと、言《い》いました。すると、一匹《いっぴき》が、

「元気《げんき》をだしてくださいね。おいもでも焼《や》いて食《た》べましょう。」

と言《い》いながら、大《おお》きなさつまいもをひとつどこからか取《と》り出《だ》して、火《ひ》のそばの雪《ゆき》の

中《なか》に埋《う》めました。雪《ゆき》の中《なか》に埋《う》めて、うまく焼《や》けるんだろうかと、藤野《ふじの》さんが思《おも》っていますと、そのとなりのきつねが、

「くりでも焼《や》いて食《た》べましょう。」

と言《い》いながら、手《て》の中《なか》から、ばらばらとくりを落《お》として、又《また》ひとつずつ、火《ひ》のそばに埋《う》めました。すると今度《こんど》は、三番目《ばんめ》のきつねが、言《い》いました。

「干《ほ》し柿《がき》でも、焼《や》いて、食《た》べましょう。」

干《ほ》し柿《がき》は、白《しろ》い粉《こ》をふいて、いかにも甘《あま》そうでした。ゆらめく青《あお》い炎《ほのお》に両手《りょうて》をかざして、藤野《ふじの》さんはふっと、子《こ》どもにもどったような気持《きも》ちになりました。

昔《むかし》はよく、落《お》ち葉《ば》をたいて、妹《いもうと》とふたりで、おいもや、くりを焼《や》いたのでした。

杉子《すぎこ》は、くりが、パチパチはぜるたびに、きゃあきゃあさわいだものでした。

ふしぎな青《あお》い炎《ほのお》を見《み》つめているうちに、藤野《ふじの》さんは、いい気持《きも》ちになり、ふうっと、快《こころよ》いねむけにおそわれました。

「手《て》がつめたいよ。」

とつぜん、誰《だれ》かが、そう言《い》いました。小《ちい》さな女《おんな》の子《こ》のあどけない声《こえ》でした。

「すぎこ?」

思《おも》わず藤野《ふじの》さんは、そう呼《よ》んでみました。それはたしかに、昔《むかし》の杉子《すぎこ》の声《こえ》でしたから。短《みじか》いスカートをはいて、はだしで野原《のはら》をかけまわった杉子《すぎこ》が、遊《あそ》びつかれて、あまえて出《だ》す声《こえ》でしたから……。

藤野《ふじの》さんは、ひょいと目《め》を上《あ》げました。

よくよく目《め》をこらして、火《ひ》のむこうを見《み》つめました。するとそこには、ひょっこりと、小《ちい》さい杉子《すぎこ》が、すわっていたのです。赤《あか》いセーターに、短《みじか》いスカートをはいて、おかっぱ頭《あたま》をゆすりながら、誰《だれ》にともなく、

「手《て》がつめたいよ、手《て》がつめたいよ。」

と言《い》っていたのです。

気《き》がつくと、きつねたちの姿《すがた》は、もうどこにもありません。きつねが六匹《ぴき》で、杉《すぎ》

子《こ》に化《ば》けてしまったのか、それとも、きつねは、音《おと》もなくにげてしまって、そのあとに、小《ちい》さい杉子《すぎこ》がやって来《き》たのか、そのへんの事《こと》は、どうもわかりません。それでも藤野《ふじの》さんは、立《た》ち上《あ》がって、杉子《すぎこ》のそばへ行《い》くと、

「どれ、兄《にい》ちゃんが、あっためてやろう。」

と、その小《ちい》さな手《て》をこすりました。

しもやけで、おもちのようにふくらんだ杉子《すぎこ》の手《て》は、びっくりするほど、つめたいのでした。

「つめたいなあ。」

と、藤野《ふじの》さんが言《い》うと、杉子《すぎこ》は、

「おいも食《た》べたいなあ。くりは出来《でき》たかなあ。干《ほ》し柿《がき》、焼《や》けたかなあ。」

と、歌《うた》うようにつぶやきました。

ああ、ずっと前《まえ》にも、こんな事《こと》がありましたっけ。畑《はたけ》へ行《い》ったお母《かあ》さんの帰《かえ》りを待《ま》って、ふたりで、たき火《び》をしながら、おいもを焼《や》いた事《こと》が。あの時《とき》は、自分《じぶん》が、

大《おお》きいおいもをとって、杉子《すぎこ》を泣《な》かせたのでした……。

杉子《すぎこ》が、しきりにおいもをほしがるので、藤野《ふじの》さんは、雪《ゆき》の中《なか》を、そっとほってみました。すると、そこには、さっき、子《こ》ぎつねが埋《う》めたおいもがちゃあんとあって、もう、ほっくりと焼《や》けているのです。杉子《すぎこ》は、よろこんで、両手《りょうて》を、パチパチたたきました。藤野《ふじの》さんは、おいもを、ふたつに割《わ》りました。おいもは、お月《つき》さまのような黄色《きいろ》でした。

「ほら、大《おお》きいほう、やるよ。」

杉子《すぎこ》は、両手《りょうて》においもをかかえて、ふうふう吹《ふ》きました。藤野《ふじの》さんもまねをして、おいもを、ふうふう吹《ふ》きました。

おいもと、くりと、干《ほ》し柿《がき》を、すっかり食《た》べ終《お》わると、藤野《ふじの》さんは、杉子《すぎこ》を、おんぶしました。

「さあ、うちへ帰《かえ》ろう。」

おとなの藤野《ふじの》さんは、子《こ》どもの杉子《すぎこ》をおんぶして、また、雪《ゆき》の一本道《いっぽんみち》を歩《ある》きはじめました。

杉子《すぎこ》は、背中《せなか》で歌《うた》をうたいました。それから、空《そら》をながめて、

「お星《ほし》さま高《たか》いね。いっぱいあるね。」

と、両手《りょうて》を、キラキラさせました。

「こら、ちゃんとつかまってないと、おっこちるぞ！」

藤野《ふじの》さんが、わざと乱暴《らんぼう》に走《はし》ると、背中《せなか》の杉子《すぎこ》は、藤野《ふじの》さんにしがみついて、
きゃあきゃあ笑《わら》いました。

「さあ、急《いそ》げ急《いそ》げ。」

藤野《ふじの》さんは、白《しろ》い息《いき》を吐《は》きながら、走《はし》りました。

背中《せなか》の杉子《すぎこ》は、まだ笑《わら》っています。藤野《ふじの》さんは、ぴょんととびはねて、うさぎのまねをしてみたり、背中《せなか》をゆすって、あばれ馬《うま》のまねをしてみたりしました。藤野《ふじの》さんが、とび上《あ》がるたびに、まんまるの月《つき》は、上《あ》がったり下《さ》がったりしました。

「ほーい、ほーい、お月《つき》さま。」

と、藤野《ふじの》さんは、少年《しょうねん》の声《こえ》で、呼《よ》んでみました。すると、背中《せなか》の杉子《すぎこ》も、まねをして、

「ほーい、ほーい、お星《ほし》さま。」

と歌《うた》うのでした。

急《いそ》げ、急《いそ》げ、母《かあ》ちゃんが、もう畑《はたけ》から帰《かえ》ってるぞ。さといもの味噌汁《みそしる》が、できてるぞ……。

少年《しょうねん》の藤野《ふじの》さんは、そんな事《こと》を思《おも》い、おとなの藤野《ふじの》さんは、町《まち》の病院《びょういん》の白《しろ》い建物《たてもの》を思《おも》いうかべて、やっぱり急《いそ》いでいるのでした。

それにしても、背中《せなか》の杉子《すぎこ》は、かるいのです。両手《りょうて》で、いっしょうけんめいおさえていないと、吹《ふ》きとびそうに、たよりなく小《ちい》さいのです。そのくせ、声《こえ》だけは、ふしぎなほど、高《たか》く大《おお》きいのでした。

雪《ゆき》の一本道《いっぽんみち》を、藤野《ふじの》さんは、びゅうびゅうと走《はし》りました。まるで、ほんものの馬《うま》にでもなったように、風《かぜ》を切《き》って、いちもくさんに、走《はし》りました。

とちゅうの道《みち》に、ほっ、ほっ、と、青《あお》い花《はな》が咲《さ》いていました。ああ、あの時《とき》の花《はな》、

ここにも咲《さ》いてる、あ、また咲《さ》いてる、と、思《おも》って行《い》き過《す》ぎてから、藤野《ふじの》さんは、あれは花《はな》ではなくて、炎《ほのお》だったと気《き》づくのでした。雪《ゆき》の中《なか》に花《はな》が咲《さ》くわけがありません。あれはみんなきつねのともしてくれた炎《ほのお》に、きまっています……。背中《せなか》の杉子《すぎこ》は、眠《ねむ》ってしまったのでしょうか。いつのまにか、とても静《しず》かになりました。

「お星《ほし》さまが守《まも》ってくれてるぞ。きつねが、祈《いの》ってくれてるぞ。」

藤野《ふじの》さんは、そうとなえながら、せっせと進《すす》みました。

ひょっこりと、まるでだまされたみたいに見《み》おぼえのある場所《ばしょ》に出《で》た時《とき》の驚《おどろ》きを、どう言《い》ったらいいのでしょうか。

気《き》がついた時《とき》、藤野《ふじの》さんは、ふるさとの町《まち》の町《まち》はずれのお地蔵様《じぞうさま》の前《まえ》に立《た》っていたのです。

お地蔵様《じぞうさま》は、月《つき》の光《ひかり》をあびて、ぬれたように見《み》えました。そして、そのむこうには、なつかしい小川《おがわ》が、ほそい銀《ぎん》の帯《おび》のように、光《ひか》っていました。

「なるほど。ここに出《で》るのか。」

腕時計《うでどけい》を見《み》ると、近道《ちかみち》に入《はい》ってから、ちょうど四十分《ぷん》です。

「きつねの言《い》ったとおりだ。」

藤野《ふじの》さんは、すっかり感心《かんしん》して、よいしょと、杉子《すぎこ》を、ゆすりあげようとしましたが、背中《せなか》は、からっぽでした。

小《ちい》さい杉子《すぎこ》は、いつのまにか消《き》えていて、やさしい大《おお》きな月《つき》だけが、藤野《ふじの》さんを、じっと見《み》おろしていました。

ほーっと、大《おお》きな息《いき》をついて、藤野《ふじの》さんは、町《まち》の病院《びょういん》の方《ほう》へ歩《ある》きはじめました。

歩《ある》きながら、藤野《ふじの》さんは思《おも》いました。

ああ、杉子《すぎこ》は助《たす》かる、きっと助《たす》かると。なぜか、はっきりと、そう思《おも》っていました。

葉書《はがき》

飯田《いいだ》栄彦《よしひこ》

私《わたし》（筆者《ひっしゃ》）は、実家《じっか》の二階《かい》で、中学生《ちゅうがくせい》相手《あいて》の小《ちい》さな塾《じゅく》を開《ひら》いている。一クラス六名《めい》の、文字《もじ》どおりの寺子屋塾《てらこやじゅく》である。

個性的《こせいてき》ないろんな生徒《せいと》の中《なか》に、林祐一《はやしゆういち》がいる。勉強《べんきょう》はできるほうではないが、ねばり強《づよ》く、温厚《おんこう》な性格《せいかく》で、いつも笑《え》みをうかべているような男《おとこ》である。この祐一《ゆういち》から、冬《ふゆ》のある夜《よる》、私《わたし》は思《おも》いがけない話《はなし》を聞《き》いた。

三年前《ねんまえ》の小学校《しょうがっこう》六年《ねん》の九月《がつ》から、毎週日曜日《まいしゅうにちようび》に、葉書《はがき》を書《か》いているという。まだ一日《にち》も書《か》き忘《わす》れたことはないという。びっしりと書《か》くこともあれば、二、三行《ぎょう》のこともあり、よほどうれしいことや、楽《たの》しいことがあった日《ひ》は、たまにだが、日曜日《にちようび》以外《いがい》にも書《か》くそうである。もちろん、出《だ》すのだ。

あて名《な》は小川誠《おがわまこと》、名古屋《なごや》に住《す》んでいる。まだ一通《つう》の返事《へんじ》も来《き》ていないという。私《わたし》は興味《きょうみ》をだいて、それから少《すこ》しずつ、勉強《べんきょう》のあいまにみんなでミニカップヌードルを食《た》べたりしながら、話《はなし》を聞《き》いた。その結果《けっか》は、次《つぎ》のようであった。

二人《ふたり》はもともと、私《わたし》の住《す》む甘木《あまぎ》という小《ちい》さな町《まち》の住人《じゅうにん》で、同級生《どうきゅうせい》だった。二人《ふたり》の

親《おや》は、家族《かぞく》ぐるみのつきあいをするほど仲《なか》がよく、当然二人《とうぜんふたり》も、小《ちい》さいときから、遊《あそ》んだりけんかしたりしながら育《そだ》った。もっとも、なにごとにつけ誠《まこと》が優勢《ゆうせい》で、祐《ゆう》一《いち》は勝《か》ったためしがなかったそうである。二人《ふたり》は、甘木小学校《あまぎしょうがっこう》三年生《ねんせい》のとき、そろって剣道《けんどう》をはじめた。「甘木少年《あまぎしょうねん》スポーツ団《だん》」というのがあるのだ。

誠《まこと》がめきめきと力《ちから》をつけ、六年《ねん》になって主将《しゅしょう》をつとめるようになっても、祐一《ゆういち》は補欠《ほけつ》で、でもけいこだけは休《やす》まずに、熱心《ねっしん》につづけていたそうである。残念《ざんねん》ながら、いくらか剣道《けんどう》をかじったことのある私《わたし》から見《み》ても、祐一《ゆういち》が運動能力《うんどうのうりょく》や反射神経《はんしゃしんけい》にすぐれているとは思《おも》えなかった。

その祐一《ゆういち》に、奇跡《きせき》、と本人《ほんにん》がいうのだが、ほとんど信《しん》じられないようなすばらしいことがおきた。六年生《ねんせい》の夏《なつ》だったそうである。

毎年《まいとし》、七月《がつ》の終《お》わりの日《ひ》に、須賀神社《すがじんじゃ》という由緒《ゆいしょ》ある神社《じんじゃ》で、夏越祭《なごしさい》がとり行《おこな》われる。心《こころ》や体《からだ》をはらいきよめて、夏《なつ》をぶじにすごせますようにという祭《まつ》りである。

この日《ひ》に、小学生《しょうがくせい》の奉納剣道試合《ほうのうけんどうじあい》がもよおされる。境内《けいだい》には何本《なんぼん》もの銀杏《いちょう》や楠《くす》の大木《たいぼく》が影《かげ》をおとしていて、青《あお》みがかった粘土質《ねんどしつ》の試合場《しあいじょう》を強《つよ》い陽射《ひざ》しから守《まも》っている。真夏《まなつ》の昼間《ひるま》、戸外《こがい》で、はだしでする、公式《こうしき》の野試合《のじあい》である。

六年生《ねんせい》だし、最後《さいご》だし、日《ひ》ごろの熱心《ねっしん》なけいこぶりが認《みと》められて、祐一《ゆういち》は晴《は》れて選手《せんしゅ》として出場《しゅつじょう》した。しかし、次鋒《じほう》の祐一《ゆういち》は連戦連敗《れんせんれんぱい》だったそうである。が、チームはほかの四人《にん》の活躍《かつやく》で連戦連勝《れんせんれんしょう》。なんと、決勝戦《けっしょうせん》に勝《か》ちすすんだのである。

そして祐一《ゆういち》は、誠《まこと》の「死《し》んだ気《き》になって、攻《せ》めて攻《せ》めて攻《せ》めちみれ」というアドバイスをうけて攻《せ》めまくった結果《けっか》、負《ま》けなかった。つまり、引《ひ》き分《わ》けにもちこんだのだそうだ。

ところが、このがんばりのおかげで、祐一《ゆういち》には恐《おそ》ろしいことがまっていた。相手《あいて》チームとの差《さ》が、二勝《しょう》二敗《はい》一引《ひ》き分《わ》けで、ポイント差《さ》もなかったために、引《ひ》き分《わ》けた次鋒《じほう》の対戦《たいせん》で、勝負《しょうぶ》を決《き》めることになったのだとか。

ところがまた、誠《まこと》から、

「相手《あいて》は面《めん》ば打《う》つ前《まえ》に、カッカッと二回《かい》、竹刀《しない》ばたたくじぇ」というアドバイスをもらったために、なんと祐一《ゆういち》は、死《し》に物狂《ものぐる》いの出小手《でごて》（相手《あいて》が、たとえば面《めん》を打《う》とうとして竹刀《しない》をあげる、その出鼻《でばな》をとらえて小手《こて》を打《う》つ技《わざ》）を決《き》めて、チームを優《ゆう》勝《しょう》にみちびいてしまったのだ。やんややんや。おまけに、誠《まこと》は個人戦《こじんせん》で優勝《ゆうしょう》したとなれば、これはもう盆《ぼん》と正月《しょうがつ》がいっしょにやってきたようなものだ。本人《ほんにん》や親《おや》たちの喜《よろこ》びがどんなものだったか、想像《そうぞう》にかたくない。

しかし好事魔多《こうじまおお》し、のたとえがあるように、このまま、すばらしい一日《にち》には終《お》わらなかった。運命《うんめい》の不意《ふい》打《う》ちというやつに、みまわれたのだ。

……試合《しあい》の帰《かえ》り、二つの家族《かぞく》は、それぞれの車《くるま》で、町《まち》はずれのファミリーレストランへ行《い》くことになった。お祝《いわ》いをしないわけにはいかないではないか。

出発《しゅっぱつ》まぎわに、誠《まこと》が林家《はやしけ》の車《くるま》に乗《の》り移《うつ》ってきた。祐一《ゆういち》が呼《よ》んだのである。逆《ぎゃく》に、祐一《ゆういち》が小川家《おがわけ》の車《くるま》に乗《の》ることもよくあったらしいが、その日《ひ》は誠《まこと》の妹《いもうと》がいたために、誠《まこと》が来《き》たのらしかった。小川家《おがわけ》の車《くるま》が先《さき》に出《で》た。

走《はし》りだした車《くるま》の中《なか》はもりあがって、おしゃべりと笑《わら》い声《ごえ》の絶《た》えるひまがなかった。祐一《ゆういち》の両親《りょうしん》が、誠《まこと》のアドバイスに感心《かんしん》して、そのスーパーマンのような活躍《かつやく》をほめちぎると、誠《まこと》はてれて、祐一《ゆういち》のまぐれ勝《が》ちをもちあげ、祐一《ゆういち》は祐一《ゆういち》で、「そりゃマコしゃんのおかげじゃもん」といって、話《はなし》はまた笑《わら》い声《ごえ》といっしょに、もとにもどるといったあんばい。

そうやって、その日《ひ》の雲《くも》一つない空《そら》のような笑《わら》い声《ごえ》を乗《の》せて、車《くるま》は混雑《こんざつ》する町中《まちなか》をぬけた。道《みち》はまっ直《す》ぐになり、見通《みとお》しもきいて、たしかに、車《くるま》のスピードがつい出《で》てしまう区間《くかん》ではあった。

向《む》こうから、鉄材《てつざい》を満載《まんさい》した大型《おおがた》のトラックが走《はし》ってきていた。そのまますれちがってしまえば、なんの問題《もんだい》もおこるはずがなかった。

ところが、なんと、信号《しんごう》のない脇道《わきみち》から、自転車《じてんしゃ》に乗《の》ったお年寄《としよ》りが、ひょろりと、トラックの前《まえ》にとび出《で》てきたという。

耳《みみ》をつんざくような急《きゅう》ブレーキの音《おと》をひびかせながら、トラックはお年寄《としよ》りを避《さ》けようとしてハンドルをきり、小川家《おがわけ》の車《くるま》に斜《なな》め前《まえ》からつっこんできた……。

ああ、あの事故《じこ》のことかと、私《わたし》は思《おも》いだしていた。大《おお》きな事故《じこ》だったから、地元《じもと》の新聞《しんぶん》が書《か》きたてて、ちょっとしたうわさ話《ばなし》になったほどだった。しかしまさか、塾生《じゅくせい》のこの子《こ》がその現場《げんば》に、いあわせたとは夢《ゆめ》にも思《おも》いはしなかったが。

「夏祭《なつまつ》りに来《き》たとに、なして、こげなこつになるとですか」と祐一《ゆういち》は静《しず》かに私《わたし》にたずねた。「あげなよか人《ひと》たちが、なしてこげな目《め》にあうとですか。神《かみ》さまはおらんとですか」と。

私《わたし》にもわからない。大人《おとな》の私《わたし》でさえ、地震《じしん》や事故《じこ》で亡《な》くなる人《ひと》のことは、いつもテレビや新聞《しんぶん》をとおしてしか知《し》らなかった。どこか遠《とお》い、よそでおきることだと思《おも》っていた。自分《じぶん》と自分《じぶん》の家族《かぞく》には関係《かんけい》ないこと、とたかをくくっているふしがある。神《かみ》がもしいるのなら、ほんとに、どうしてこんなことをするのか。天国《てんごく》へもちあげといて、まっさかさまに地獄《じごく》に突《つ》き落《お》とすようなひどいことを……。

「体《からだ》がガタガタふるえたです」

ドカンとものすごい音《おと》がして、トレーラー車《しゃ》にのしかかられてつぶされている車《くるま》を見《み》たとき、歯《は》がほんとにガチガチ音《おと》をたてて、体《からだ》がふるえあがったそうだ。母親《ははおや》のすさまじい悲鳴《ひめい》、父親《ちちおや》の絶叫《ぜっきょう》。それでも、祐一《ゆういち》は動《うご》くことができずに、かろうじて、横《よこ》にいる誠《まこと》を見《み》た。誠《まこと》はとび出《だ》してしまいそうなほどカッと目《め》をあけて、祐一以《ゆういちい》上《じょう》にはげしくふるえていた……。

けっきょく、この事故《じこ》で、誠《まこと》の両親《りょうしん》と妹《いもうと》(三年生《ねんせい》)が亡《な》くなった。一人《ひとり》になった誠《まこと》は激《はげ》しいショックのために、笑顔《えがお》どころか、口《くち》もきけなくなってしまった。いや、一度《ど》だけ祐一《ゆういち》にこうつぶやいたそうである。いっしょに死《し》にたかった、と。

「ばってん」と祐一《ゆういち》はいった。

「死《し》んだらひげん(死《し》んではいけない)と思《おも》います。マコしゃんだけでん(だけでも)、助《たす》かってよかった、ち(と)思《おも》います」

そのとおりだと私《わたし》も思《おも》う。生《い》き残《のこ》った者《もの》は死《し》んでいった者《もの》の分《ぶん》までも、生《い》き延《の》びる義務《ぎむ》があるのではないか。自分《じぶん》だけ助《たす》かったという重荷《おもに》にたえながら、つらくても、今《いま》からここから、生《い》きていくのが人間《にんげん》というものではないのか。と、傍観者《ぼうかんしゃ》はかってなことをいえるが、当《とう》の誠《まこと》が受《う》けた心《こころ》の傷《きず》は、いったいどれほどのものであったろう。人《ひと》はよく、その痛《いた》みをわかってあげたり、共有《きょうゆう》したりできるのだろうか。祐一《ゆういち》の両親《りょうしん》は、そのショックのために、父親《ちちおや》は仕事《しごと》が手《て》につかなくなるし、母親《ははおや》は泣《な》き疲《つか》れてねこんでしまったそうである……。

誠《まこと》は、名古屋《なごや》に住《す》むおばさんに、ひきとられていった。そこでどんな生活《せいかつ》を送《おく》っているのかは、わからない。ただ、九月《がつ》になって、誠《まこと》の席《せき》がぽつんとあいているのを見《み》て、祐一《ゆういち》は決心《けっしん》したのだそうな。（マコしゃんが元気《げんき》になるまで、毎週必《まいしゅうかなら》ず、葉書《はがき》ば出《だ》そう）、と。（読《よ》まれんでんよか、破《やぶ》り捨《す》てられてんよか、返事《へんじ》が来《こ》んでんよか、おりはマコしゃんを忘《わす》れちょらんよ、ち、いうためにとにかく出《だ》そう）、と。

それを、祐一《ゆういち》は今《いま》までずうっと、あきらめも、忘《わす》れもしないで、つづけてきたというわけである。ひょっとしたらと、私《わたし》はよけいなことを考《かんが》えた。誠《まこと》が迷惑《めいわく》がっている、ということはないのだろうか。故郷《こきょう》での出来事《できごと》をすべて忘《わす》れたがっているとしたら……。

それを察《さっ》したように、祐一《ゆういち》はうれしそうにこういった。

「おばしゃんから、マコしゃんのかわりに返事《へんじ》が来《く》るとです。マコしゃんは、葉書《はがき》を楽《たの》しみにまっちょるそうです。全部《ぜんぶ》だいじに、とってくれちょるそうです。おりは、マコしゃんのためじゃのうて、自分《じぶん》のために書《か》きよるごたる気持《きも》ちになってきました。おりが、マコしゃんのほんなこつん（ほんとうの）友《とも》だちかどうか、ためされよるとです。もうすぐマコしゃんから、返事《へんじ》が来《く》るち思《おも》います」

……私《わたし》はしばらくものがいえなかった。こんなすごい子《こ》がわが塾《じゅく》にいたのかと、ただ驚《おどろ》いていた。春《はる》はもうそこまで来《き》ている。

あのひと

荻《おぎ》原《わら》規《のり》子《こ》

「でね、景山《かげやま》の親《おや》が親《おや》に電話《でんわ》してきたんだって。『うちの子《こ》にこんな高価《こうか》な品《しな》をいただくわけには』って。だから、リエコのところは、それからもうたいへんで……」

「それって、景山《かげやま》も、そうとうなさけないものがあるね」

今年《ことし》もバレンタイン旋風《せんぷう》の吹《ふ》きあれた二月《がつ》。机《つくえ》を寄《よ》せあって食《た》べる、お昼《ひる》どきの話題《わだい》にはことかかない。十四日以前《いぜん》のエキサイトはもうどこにもないけれど、後日《ごじつ》談《だん》もなかなか参考《さんこう》にはなる。あたし？　あたしもチョコレートくらいは配《くば》りました。ブラスバンド部《ぶ》の二年《ねん》と三年《ねん》に。平等《びょうどう》に。共同出資《きょうどうしゅっし》で。

「でね、素子《もとこ》と話《はな》したんだけど、この次《つぎ》は修学旅行《しゅうがくりょこう》に賭《か》けようって。あたしたちね……」

タフな彼女《かのじょ》たちの心《こころ》は、はやばやと五月《がつ》に飛《と》んだらしい。見事《みごと》に前向《まえむ》きだな。さすがにあたしも感心《かんしん》した。少《すこ》しだけ、いっしょになって若葉《わかば》のきらめく季節《きせつ》のことを考《かんが》えてみる。この寒空《さむぞら》の下《した》では、夢《ゆめ》まぼろしのことのよう。美《うつく》しく慕《した》わしくて、なんだか泣《な》きたくなるようだ。三か月後《げつご》に必《かなら》ずくるものだとは、とても思《おも》うことができない。
あたしは聞《き》き役《やく》がおもなので、食《た》べ終《お》わるのが早《はや》い。ハンカチでお弁当箱《べんとうばこ》を包《つつ》みながら、今《いま》なら二十分間《ぷんかん》、昼練《ひるれん》ができるな、と思《おも》う。熱心《ねっしん》な部員《ぶいん》なら、音楽室《おんがくしつ》の鍵《かぎ》をあけて、楽器《がっき》を吹《ふ》いているはずだ。けれども、行《い》かない。みんなとのおしゃべりに無関心《むかんしん》だと思《おも》われるのがいやなのだ。本当《ほんとう》はかなり無関心《むかんしん》だから、なおのこと思《おも》われたくないのかもしれない。

あたしには、よくわからないのだ。クラスの男《おとこ》の子《こ》や、グラウンドでみかけた先《せん》輩《ぱい》に、いともたやすく「あのひと」を見《み》てしまう、周《まわ》りの女《おんな》の子《こ》の気持《きも》ちが。たとえ三年生《ねんせい》だって、ただの中坊《ちゅうぼう》でしょ。でも、そんなことは口《くち》がさけてもクラスの子《こ》にはいわない。それどころか、あたしの本命《ほんめい》は二B《ビー》の宮城《みやぎ》だということで、どうどうとまかり通《とお》っている。ブラスバンド部《ぶ》の次期部長《じきぶちょう》。打《う》ち消《け》すつもりはありません。だって、「だれもいません」などといいだした日《ひ》には、どうなると思《おも》う? 『小《ちい》さな親切《しんせつ》、大《おお》きなお世話《せわ》』の洪水《こうずい》で目《め》もあてられなくなるにきまっている。
人間《にんげん》、ふつうが一番《いちばん》だ。
とりわけ学校《がっこう》という場所《ばしょ》では。

午後《ごご》の授業《じゅぎょう》は国語《こくご》で、死《し》ぬほど退屈《たいくつ》。ストーブがかっかと燃《も》えるので、食後《しょくご》の睡眠《すいみん》をとっているやつが四人《にん》、五人《にん》、六人《にん》。あたしは窓《まど》から外《そと》を見《み》る。雲《くも》は低《ひく》くて、ゆううつ。校庭《こうてい》のはだかのプラタナスに今《いま》にも突《つ》き刺《さ》さりそうだ。やけに気《き》がめいるのは、この寒々《さむざむ》しいながめのせいなのか。教科書《きょうかしょ》は頭《あたま》にはいらず、あたしは、宮城《みやぎ》のことを考《かんが》えた。昼練《ひるれん》に行《い》ったにちがいない宮城《みやぎ》のこと。あいつは、たった一人《ひとり》でも平気《へいき》で、鍵《かぎ》をあけてサクソフォーンの練習《れんしゅう》をするのだ。吹《ふ》きたくて、一日《にち》もやめられなくて吹《ふ》くのだ。友達《ともだち》の、他人《たにん》の目《め》など関係《かんけい》はない。ああいう人物《じんぶつ》が、将来《しょうらい》音楽《おんがく》で暮《く》らすのだろう。
あたしは？

あたしの将来《しょうらい》は？

修学旅行《しゅうがくりょこう》が終《お》われば、受験《じゅけん》にぬりつぶされる日々《ひび》が待《ま》っている。あたしたちの頭《あたま》の上《うえ》には、いつもこの暗雲《あんうん》がたちこめることになる。あたしに将来《しょうらい》なんてあるんだろうか。あああ、だめだ。楽《たの》しいことなど一つもない気《き》がする。さらに落《お》ち込《こ》む。灰色《はいいろ》の未来《みらい》がこわくなるときにこそ、あたしは「あのひと」のことを考《かん》える。


……中《ちゅう》学生《がくせい》で自殺《じさつ》する人《ひと》もいるけれど、あたしは「あのひと」に会《あ》いたい。だから、ともかく歩《ある》いて行《い》かなくてはならない。当面《とうめん》、なにも見《み》えなくても。

どのような道《みち》をとれば、めぐり会《あ》えるのか、暗雲《あんうん》の下《した》にいるあたしには、見当《けんとう》もつかない。死《し》ぬほどお勉強《べんきょう》して、いい成績《せいせき》とって、いい学校《がっこう》に入《はい》ればみつかるんだろうか。……心《こころ》からそう信《しん》じることができたなら、あたしも楽《らく》なんだけどな。ママとも教員《きょういん》とも意見《いけん》が一致《いっち》して、めでたいったらない。そういう子《こ》はクラスにもいるよ。見《み》るたび「楽《らく》でいいよな、あいつ」と思《おも》う。でも、楽《らく》をしてる子《こ》はたいがい魅《み》力《りょく》がないの。クラスからも浮《う》いちゃったりしているの。あたしは、よくわからないけれど、「あのひと」に会《あ》うためには、あたし自身魅力的《じしんみりょくてき》にならないといけないと思《おも》うから、みんなに敬遠《けいえん》されるようでは、ちょっと困《こま》るのだ。じつをいうと、あたしは勉強《べんきょう》ができてしまうのでなにかと苦《くる》しい。勉強《べんきょう》もできて魅力《みりょく》もある人物《じんぶつ》になるというのは、いばらの道《みち》もいいところである。

宮城《みやぎ》を「あのひと」の代理《だいり》にきめたのは、宮城《みやぎ》がもう自分《じぶん》の道《みち》を知《し》っているからかもしれない。あいつは音楽《おんがく》をみつけた。夢中《むちゅう》をみつけた。あたしたちの気《き》まぐれな熱中《ねっちゅう》とはちがう、雲《くも》のむこうを見通《みとお》す目《め》をしている。宮城《みやぎ》がジャズメンになってしまったら、「あのひと」になってしまうかもね。

でも、それは今《いま》ではない。

今《いま》は、まだ。

マフラーをしっかり首《くび》にまき、昇降口《しょうこうぐち》を出《で》る。期末試験《きまつしけん》一週間前《しゅうかんまえ》だから、部活動《ぶかつどう》中止《ちゅうし》なの。本当《ほんとう》に、昼練《ひるれん》しておけばよかったな。乾《かわ》いたグラウンドの風《かぜ》が身《み》にしみる。この一週間《しゅうかん》だけ特別重《とくべつおも》いカバン。これをさげて、とぼとぼと帰《かえ》るのだ。寒《さむ》いので、友達《ともだち》との立《た》ち話《ばなし》もそうそうにきりあげた。

それなのに、どうしたんだろう。こういうのは、なんなのだろう。一人《ひとり》になって歩《ある》いていたら、理由《りゆう》もなく胸《むね》が熱《あつ》くなってきて、さっきとはまるで反対《はんたい》に、世界《せかい》のすべてをゆるせる気分《きぶん》になってきた。並木《なみき》のイチョウはプラタナスと同《おな》じにまるはだかで、雲《くも》はあいかわらず低《ひく》い。それなのに、どうしてなんだろう。「あのひと」がすぐ近《ちか》くにいるような気《き》がする。この道《みち》を、「あのひと」が歩《ある》いたような気《き》がする。

いつかは会《あ》える。

そのためにあたしはここにいる。

あたしは、冷《つめ》たい風《かぜ》のなかで顔《かお》をあげ、ヒロインの気分《きぶん》をあじわってみた。今《いま》は顔《かお》もわからない「あのひと」。でも、思《おも》い出《だ》すことのできない夢《ゆめ》のなかでは、会《あ》っているのかもしれないね。前世《ぜんせ》の記憶《きおく》にあるのかもしれない。でなければ、こんなふうに感《かん》じるはずがない。あたしは「あのひと」のまなざしを知《し》っている。笑《わら》い方《かた》が独特《どくとく》なのも知《し》っている。今日《きょう》はまだ、すれちがっただけでは気《き》づかないかもしれないけれど、きっと、その日《ひ》、運命《うんめい》の日《ひ》がくれば、あたしはにっこりほほえんで、その笑顔《えがお》とまなざしに応《こた》えるはずだ。

真冬《まふゆ》に夢《ゆめ》みる、若葉《わかば》のそよぎと木洩《こも》れ日《び》のようなひと。

あのひと。

あのひと。

解説《かいせつ》

野上《のがみ》　暁《あきら》

十二月《がつ》は一年《ねん》の最後《さいご》の月《つき》。「師走《しわす》」ともよばれ、師《し》（先生《せんせい》）も走《はし》りまわるような、あわただしい月《つき》だといわれています。クリスマスも待《ま》ち遠《どお》しいですね。北国《きたぐに》では雪《ゆき》も降《ふ》りはじめ、寒《さむ》い冬《ふゆ》がやってきます。

工藤直子《くどうなおこ》さんの**「雪《ゆき》」**は、雪《ゆき》が空《そら》から限《かぎ》りなく舞《ま》いおちる、まるで夢《ゆめ》のような様子《ようす》を描《か》いた詩《し》です。葉《は》っぱを落《お》とした木々《きぎ》までも、「まさか！　まさか！」とつぶやきながら、すっぽりと真《ま》っ白《しろ》な衣装《いしょう》におおわれる光景《こうけい》がユーモラスですね。この作品《さくひん》は、詩集《ししゅう》**『てつがくのライオン』**（理論社《りろんしゃ》）の中《なか》の一編《ぺん》です。

工藤《くどう》さんは、自然《しぜん》の中《なか》の小《ちい》さな生《い》きものたちを歌《うた》った詩《し》をたくさん作《つく》っています。**『のはらうた』**Ⅰ～Ⅴ（童話屋《どうわや》）は、野原《のはら》を散歩《さんぽ》していて、風《かぜ》が耳元《みみもと》を通《とお》りぬけるときに話《はな》してくれた言葉《ことば》がきっかけになって生《う》まれた詩集《ししゅう》です。〝のはらむら〟のみんなのおしゃべりや歌《うた》が、とても楽《たの》しいですよ。

「悲《かな》しむべきこと」は、『**盗賊会社**《とうぞくがいしゃ》』（新潮社《しんちょうしゃ》）の中《なか》の一編《ぺん》です。クリスマスにプレゼントを運《はこ》んでくるはずのサンタクロースが、お金持《かねも》ちの家《いえ》に拳銃《けんじゅう》を持《も》って泥棒《どろぼう》に入《はい》るなんてヘンですよね。結末《けつまつ》のエヌ氏《し》のひとりごとから、いったいなにが〝悲《かな》しむべきこと〟なのか、さっぱりわからなくなってしまいます。

作者《さくしゃ》の**星新一**《ほししんいち》さんは、皮肉《ひにく》たっぷりで、常識《じょうしき》をひっくり返《かえ》したような、短《みじか》くてふしぎな話《はなし》を作《つく》る名人《めいじん》。ショート・ショートと呼《よ》ばれるこのような作品《さくひん》を、生涯《しょうがい》に千編《せんぺん》以上《いじょう》も書《か》きのこしました。それらは『星新一《ほししんいち》　ショートショートセレクション』（理論社《りろんしゃ》）などで読《よ》めます。

「十二月《がつ》　ドミドミ　ソドドド」は、一九五〇年代《ねんだい》の東京近郊《とうきょうきんこう》の農村《のうそん》を舞台《ぶたい》に、小学《しょうがく》三年生《ねんせい》のミツヱを主人公《しゅじんこう》にした『**野菊《のぎく》とバイエル**』（集英社《しゅうえいしゃ》）の、最後《さいご》の一章《しょう》です。

この小説《しょうせつ》は、町《まち》が市《し》になり、新《あたら》しい校舎《こうしゃ》もできた四月《がつ》の新学期《しんがっき》から、十二月《がつ》にミツヱが東京《とうきょう》に転校《てんこう》するまでの、女《おんな》の子《こ》のこまやかな心《こころ》の動《うご》きや成長《せいちょう》を描《か》いた作品《さくひん》です。子《こ》どもたちの暮《く》らしや遊《あそ》びもくわしく書《か》かれているので、その頃《ころ》の様子《ようす》がよくわかり、楽《たの》しめます。農村《のうそん》では、女《おんな》の子《こ》も自分《じぶん》のことを「おれ」と言《い》っていたのですね。

作者《さくしゃ》の**干刈《ひかり》あがた**さんは、『**ウホッホ探検隊《たんけんたい》**』『**ゆっくり東京女子《とうきょうじょし》マラソン**』（福武書店《ふくたけしょてん》・朝日文庫《あさひぶんこ》）などの話題作《わだいさく》を数多《かずおお》く残《のこ》し、一九九二年《ねん》、四十九歳《さい》の若《わか》さで惜《お》しまれながら世《よ》を去《さ》りました。

「カルシウム」は、のらネコの目《め》を通《とお》してみた、ちょっと幻想的《げんそうてき》でふしぎなお話《はなし》ですね。
作者《さくしゃ》の**岩瀬成子《いわせじょうこ》**さんは、一九七七年《ねん》に『**朝《あさ》はだんだん見《み》えてくる**』（理論社《りろんしゃ》）でデビューしました。この作品《さくひん》は、中学《ちゅうがく》三年生《ねんせい》の少女《しょうじょ》を主人公《しゅじんこう》に、大人《おとな》が作《つく》りだしている社会《しゃかい》にすんなりとなじめず、それに抵抗《ていこう》する少女《しょうじょ》の姿《すがた》が印象的《いんしょうてき》に描《えが》かれていました。

岩瀬《いわせ》さんは、子《こ》どもを「子《こ》どもらしさ」という枠《わく》の中《なか》に押《お》しこもうとする、親《おや》や大人《おとな》の身勝手《みがって》さに反発《はんぱつ》する少女《しょうじょ》の心《こころ》の中《なか》をていねいにすくいあげ作品《さくひん》にしています。

『**「うそじゃないよ」と谷川《たにかわ》くんはいった**』（ＰＨＰ研究所《けんきゅうじょ》）では、学校《がっこう》に行《い》ってもだれとも口《くち》をきかない〝るい〟という少女《しょうじょ》に、転校生《てんこうせい》の谷川《たにかわ》くんが、「ぼくと話《はな》せよ」と話《はな》しかけてきます。複雑《ふくざつ》な家庭《かてい》の事情《じじょう》をかかえた少年《しょうねん》と無口《むくち》な少女《しょうじょ》の、出会《であ》いと別《わか》れを通《とお》し、孤独《こどく》な二人《ふたり》の心《こころ》のかよいあいが、しんみりと伝《つた》わってくる作品《さくひん》です。

「**日記帳**《にっきちょう》」の作者《さくしゃ》の**那須正幹**《なすまさもと》さんは、『**それいけズッコケ三人組**《にんぐみ》』（ポプラ社《しゃ》）から始《はじ》まる「ズッコケ三人組《にんぐみ》」シリーズを五十巻《かん》まで書《か》いて、大人気《だいにんき》の作家《さっか》です。

「日記帳《にっきちょう》」は、短編集《たんぺんしゅう》『**少年《しょうねん》のブルース**』（偕成社《かいせいしゃ》）の中《なか》の一編《ぺん》です。こんな日記帳《にっきちょう》があったら便利《べんり》なようですが、ちょっと不気味《ぶきみ》ですね。この本《ほん》には、現実《げんじつ》にはありえないふしぎなできごとや、さりげなく不気味《ぶきみ》な感《かん》じを浮《う》かびあがらせた、短《みじか》いけど味《あじ》わいのあるお話《はなし》が、七十七編《へん》も詰《つ》まっています。読《よ》みはじめたらもうとまりません。

江戸《えど》の長屋《ながや》に住《す》む、さえない岡《おか》っ引《ぴ》きの息子《むすこ》が、悪人相手《あくにんあいて》に大活躍《だいかつやく》する「**お江戸《えど》の百太郎**《ひゃくたろう》」シリーズ（岩崎書店《いわさきしょてん》）もおすすめです。

一月《がつ》は、元旦《がんたん》からはじまり、新年《しんねん》をお祝《いわ》いするお正月《しょうがつ》のしきたりや行事《ぎょうじ》がいろいろあります。たこあげや羽根《はね》つき、すごろくなど、昔《むかし》からのお正月《しょうがつ》の遊《あそ》びもおもしろいですね。

「**ゾウガメ**」は、**木坂涼**《きさかりょう》さんの詩《し》の絵本《えほん》『**ひつじがいっぴき**』（絵《え》・長谷川義史《はせがわよしふみ》、フレーベル館《かん》）の中《なか》の一編《ぺん》です。「ツルは千年《せんねん》、カメは万年《まんねん》」と、昔《むかし》から長生《ながい》きの象徴《しょうちょう》のようにいわれている中《なか》でも、とびっきり長寿《ちょうじゅ》のゾウガメを登場《とうじょう》させた、新年《しんねん》を祝《いわ》うおめでたい詩《し》ですね。「ね～うし　とら」ととなえ、「いぬ　い～」の後《あと》に、「つるカメ」とつづけますが、十二支《し》の中《なか》にツルやカメがはいっていたかな？

木坂《きさか》さんの詩集《ししゅう》『**五つのエラーをさがせ！**』（大日本図書《だいにっぽんとしょ》）には、「夏休《なつやす》み」「卒業式《そつぎょうしき》」など、子《こ》どもたちをとりまく行事《ぎょうじ》や、四季《しき》の移《うつ》りかわりを歌《うた》った作品《さくひん》がたくさん入《はい》っていて、言葉《ことば》の力《ちから》のすばらしさが、キラキラとかがやいています。

「**たぶん、ボクは。**」の作者《さくしゃ》、**ひこ・田中《たなか》**さんは、『**お引越《ひっこ》し**』（福武書店《ふくたけしょてん》・講談社文庫《こうだんしゃぶんこ》）で作家《さっか》としてデビューしました。「水曜日《すいようび》。今日《きょう》とうさんがお引越《ひっこ》しをした」で始《はじ》まるこの作品《さくひん》は、小学《しょうがく》六年生《ねんせい》の私《わたし》（レンコ）の目《め》をとおして、両親《りょうしん》の離婚《りこん》を、ちょっとコミカルに描《えが》いた小説《しょうせつ》です。あっけらかんとしたレンコの姿《すがた》から、両親《りょうしん》の離婚《りこん》という暗《くら》くなりがちな話《はなし》が、明《あか》るく展開《てんかい》していく、ユニークで新鮮《しんせん》な作品《さくひん》です。

「たぶん、ぼくは。」のおとうさんと同《おな》じように、ひこさんもテレビゲームが大好《だいす》きです。六年生《ねんせい》の男《おとこ》の子《こ》が中学生《ちゅうがくせい》の女《おんな》の子《こ》に恋《こい》をして、大人《おとな》になるってどういうことかを悩《なや》む、『**ごめん**』（偕成社《かいせいしゃ》）も、テレビゲーム好《ず》きの父子《おやこ》が登場《とうじょう》する、おもしろい作品《さくひん》です。

「カメレオンか？　人間《にんげん》か？」の**長新太《ちょうしんた》**さんは、絵本作家《えほんさっか》としてたくさんの作品《さくひん》を残《のこ》していきます。どれもこの話《はなし》のように、とぼけたキャラクターが登場《とうじょう》する、現実《げんじつ》にはありえないふしぎな話《はなし》ばかりです。『**ごろごろ　にゃーん**』（福音館書店《ふくいんかんしょてん》）は、「ごろごろ　にゃーんと　ひこうきが　とんでいきます」という、たった一行《ぎょう》だけの文章《ぶんしょう》で展開《てんかい》する、ゆかいな絵本《えほん》です。『**ぼくのくれよん**』（講談社《こうだんしゃ》）は、ゾウが大《おお》きなクレヨンで、青《あお》くぬると池《いけ》になり、赤《あか》でぬると森《もり》の動物《どうぶつ》たちが火事《かじ》だと思《おも》って逃《に》げだすという、びっくりするくらいスケールの大《おお》きな作品《さくひん》です。童話《どうわ》では、ゾウが魚《さかな》に食《た》べられちゃう『**ヘンテコどうぶつ日記《にっき》**』（理論社《りろんしゃ》）も、楽《たの》しい作品《さくひん》です。

「ぼくらのラブ・コール」は、短編集《たんぺんしゅう》『**グフグフグフ**』（あかね書房《しょぼう》）の中《なか》の一編《ぺん》です。携帯電話《けいたいでんわ》を手放《てばな》せない現代人《げんだいじん》にとって、ちょっと耳《みみ》の痛《いた》い話《はなし》ですね。どこにいても「愛《あい》している」という言葉《ことば》を、家族《かぞく》が交《か》わしあわないと警察《けいさつ》に逮捕《たいほ》され、矯正収容所《きょうせいしゅうようじょ》に入《い》れられるというのも、おそろしい話《はなし》です。うわべだけの愛情《あいじょう》や、家族《かぞく》の危機《きき》、国《くに》の管理強《かんりきょう》化《か》のこわさを象徴《しょうちょう》しているようにも読《よ》みとれます。

作者《さくしゃ》の**上野瞭《うえのりょう》**さんは、のらネコを主人公《しゅじんこう》に、ネコ族《ぞく》とイヌ族《ぞく》の壮絶《そうぜつ》な闘《たたか》いを、エキサイティングに描《えが》いた大冒険小説《だいぼうけんしょうせつ》『**ひげよ、さらば**』（理論社《りろんしゃ》）でも、国《くに》や集団《しゅうだん》と個人《こじん》の問題《もんだい》に、真《ま》っ正面《しょうめん》から取《と》りくんでみせました。上野《うえの》さんは、社会《しゃかい》や家族《かぞく》と個人《こじん》の問題《もんだい》を、さまざまな物語《ものがたり》をとおして、子《こ》どもにも大人《おとな》にも問《と》いかけた作家《さっか》だともいえるでしょう。

「小《ち》さい草《くさ》からのながめ」

作者《さくしゃ》の**安東《あんどう》みきえ**さんは、『**夕暮《ゆうぐ》れのマグノリア**』（講談社《こうだんしゃ》）という本《ほん》の「プロローグ」で、こんなことをいっています。「世界《せかい》は見《み》えているものだけでできているんじゃない／ふしぎな世界《せかい》はすぐそばにある／あらわれるのはきまって夕暮《ゆうぐ》れ時《どき》／光《ひかり》と闇《やみ》のまざる時間《じかん》、生《せい》と死《し》の境目《さかいめ》がぼんやりするころのこと」と。『夕暮《ゆうぐ》れのマグノリア』は、中学《ちゅうがく》一年生《ねんせい》の〝あたし〟の目《め》から見《み》た、すぐそばにあるふしぎな世界《せかい》を、六つのエピソードをとおして描《えが》いています。友《とも》だちどうしのいがみ合《あ》いや、悩《なや》みや恋《こい》や、心《こころ》の微妙《びみょう》なうつろいなどがこまやかに描《えが》かれるので、きっと共感《きょうかん》を持《も》って読《よ》めるでしょう。

の、〝小《ち》さい草《くさ》〟というのは、なんだかわかりましたか？

二月《がつ》は、冬《ふゆ》のまっさかりで、一年中《ねんじゅう》でいちばん寒《さむ》い季節《きせつ》です。スキーや雪合戦《ゆきがっせん》も、この時期《じき》の楽《たの》しみです。でも、節分《せつぶん》が過《す》ぎると、こよみの上《うえ》での春《はる》がやってきて、あたたかい地方《ちほう》では、木《き》の芽《め》もほころび、梅《うめ》の花《はな》も咲《さ》きはじめます。

小野寺悦子《おのでらえつこ》さんの**「ちいさな　ひょうざん」**は、詩《し》の絵本《えほん》**『これこれおひさま』**（飯野和好《いいのかずよし》・絵《え》、のら書店《しょてん》）の中《なか》の一編《ぺん》です。雪解《ゆきど》けの時期《じき》に、はらっぱにチョコッと残《のこ》った小《ちい》さな雪《ゆき》のかたまりを、地面《じめん》から顔《かお》を出《だ》したアリやミミズや、とおりすぎる北風《きたかぜ》の気《き》持《も》ちになって、詩人《しじん》は歌《うた》ったのですね。この詩集《ししゅう》には、自然《しぜん》の変化《へんか》を歌《うた》ったおもしろい詩《し》や、ナンセンスな詩《し》が、たくさん収録《しゅうろく》されています。

小野寺《おのでら》さんは、**『レモンあそび』**（理論社《りろんしゃ》）などの詩集《ししゅう》のほかにも、絵本《えほん》や童話《どうわ》をたくさん作《つく》っています。

「ぐうぜんの風景《ふうけい》」の四編《ぺん》は、子《こ》どもたちのさりげない情景《じょうけい》を切《き》りとった短編《たんぺん》です。短《みじか》い文章《ぶんしょう》の中《なか》にも、子《こ》どもたちの心《こころ》の風景《ふうけい》が、あざやかに映《うつ》しだされているようです。

作者《さくしゃ》の**村中李衣《むらなかりえ》**さんは、心理学《しんりがく》と児童文学《じどうぶんがく》を勉強《べんきょう》した後《あと》、つとめはじめた大学病院《だいがくびょういん》で、小児病棟《しょうにびょうとう》にいる子《こ》どもたちと出会《であ》います。そこでの体験《たいけん》が作品《さくひん》に反映《はんえい》されているようです。海辺《うみべ》の小児病棟《しょうにびょうとう》を舞台《ぶたい》にした、**『おねいちゃん』**（理論社《りろんしゃ》）という作品《さくひん》の主人公《しゅじんこう》は、中学《ちゅうがく》二年生《ねんせい》。四歳年下《さいとしした》の妹《いもうと》は、前歯《まえば》にすきまがあるから、「おねえちゃん」が「おねいちゃん」になってしまいます。病気《びょうき》をかかえた子《こ》どもたちの、養護学校《ようごがっこう》と病棟《びょうとう》での日常《にちじょう》が、いじめや集団万引《しゅうだんまんび》き事件《じけん》などをはさんで、印象深《いんしょうぶか》く描《えが》かれた作品《さくひん》です。

「雪《ゆき》の中《なか》の青《あお》い炎《ほのお》」の作者《さくしゃ》、**安房直子《あわなおこ》**さんは、小《ち》さな生《い》きもの、野《の》の草花《くさばな》、自然《しぜん》のいとなみなどを、まるで魔法《まほう》のように幻想的《げんそうてき》に映《うつ》しだした、すばらしい作品《さくひん》をたくさん書《か》いています。**『風《かぜ》と木《き》の歌《うた》』**（実業之日本社《じつぎょうのにほんしゃ》・偕成社《かいせいしゃ》）は、そのような作品《さくひん》が八編《ぺん》収《おさ》められた童話集《どうわしゅう》です。「きつねの窓《まど》」は、狩《か》りに出《で》て道《みち》に迷《まよ》った若者《わかもの》が、きつねの染物屋《そめものや》を見《み》つけ、鉄砲《てっぽう》と交換《こうかん》で指《ゆび》の先《さき》を青《あお》く染《そ》めてもらい、両手《りょうて》の指《ゆび》をひし形《がた》の窓《まど》のようにしてのぞくと、なつかしい昔《むかし》の光景《こうけい》が映《うつ》しだされる一話《わ》です。どの作品《さくひん》も、安房《あわ》さんが自然《しぜん》の中《なか》にとけこみ、野《の》の草花《くさばな》や樹木《じゅもく》がかなでるさまざまな音色《ねいろ》を聞《き》きとって、さみしさや悲《かな》しさや、人《ひと》の心《こころ》の中《なか》の微妙《びみょう》な感情《かんじょう》で染《そ》めあげた、味《あじ》わい深《ぶか》い作品《さくひん》ばかりです。

「葉書《はがき》」の作者《さくしゃ》、**飯田栄彦《いいだよしひこ》**さんは、講談社児童文学新人賞《こうだんしゃじどうぶんがくしんじんしょう》を受賞《じゅしょう》した**『燃《も》えながら飛《と》ん**

だよ！』（講談社《こうだんしゃ》）でデビューしました。この作品《さくひん》は、スケールの大《おお》きな冒険物語《ぼうけんものがたり》です。古代《こだい》の生《い》きものアンモナイトに宇宙《うちゅう》につれていってもらったり、栄養失調《えいようしっちょう》で死《し》にそうな海《うみ》との会話《かいわ》から死《し》のいみを考《かんが》えはじめたり、日本《にほん》のさまざまな現実《げんじつ》が映《うつ》しだされます。飯田《いいだ》さんは、四十年近《ねんちか》くも前《まえ》に書《か》いたこの作品《さくひん》で、自然破壊《しぜんはかい》や環境汚染《かんきょうおせん》の危険性《きけんせい》をうったえ、生《い》きているものすべてへの、かぎりない愛《あい》をうたいあげました。大長編《だいちょうへん》**『昔《むかし》、そこに森《もり》があった』**（理論社《りろんしゃ》）では、自然《しぜん》の中《なか》で生《い》きるとは何《なに》かを深《ふか》く考《かんが》えるというように、社会《しゃかい》や人間《にんげん》をするどく見《み》つめた作品《さくひん》を、つぎつぎと発表《はっぴょう》しました。

「あのひと」は、長編《ちょうへん》ファンタジー作家《さっか》の**荻原規子《おぎわらのりこ》**さんには、めずらしい短編作品《たんぺんさくひん》です。荻原《おぎわら》さんは、**『空色勾玉《そらいろまがたま》』**から、**『白鳥異伝《はくちょういでん》』『薄紅天女《うすべにてんにょ》』**（福武書店《ふくたけしょてん》・徳間書店《とくましょてん》）と続《つづ》く、日本《にほん》の古代《こだい》を描《えが》いた勾玉《まがたま》三部作《ぶさく》で、いまや若者《わかもの》にも大人気《だいにんき》の作家《さっか》です。**『風神秘抄《ふうじんひしょう》』**（徳間書店《とくましょてん》）は、腕《うで》は立《た》つが人《ひと》づきあいが苦手《にがて》で、野山《のやま》で一人笛《ひとりぶえ》を吹《ふ》く方《ほう》が好《す》きだという草十郎《そうじゅうろう》と、糸世《いとせ》という少女《しょうじょ》のふしぎな恋物語《こいものがたり》です。歴史上《れきしじょう》の人物《じんぶつ》や、旅《たび》の芸人《げいにん》、山伏《やまぶし》、盗賊《とうぞく》など、ユニークで個性的《こせいてき》なキャラクターが、つぎつぎと登場《とうじょう》してきますから、読《よ》みながらワクワクしてきます。源氏《げんじ》と平家《へいけ》がいがみあう時代《じだい》を背景《はいけい》に、愛《あい》をとおして、だれにもとらわれない、自由《じゆう》にめざめていく若者《わかもの》の姿《すがた》が心《こころ》を打《う》つ、すばらしい歴史《れきし》ファンタジーです。

著者紹介

工藤直子（くどう　なおこ）一九三五年台湾生まれ。おもな著作に、詩集『てつがくのライオン』（日本児童文学者協会新人賞受賞）『こどものころにみた空は』（以上理論社）『あいたくて』（大日本図書）「のはらうた」シリーズ、『くどうなおこ詩集』（以上童話屋）、絵本『密林一きれいなひょうの話』（銀河社）、読み物『ともだちは海のにおい』『ともだちは緑のにおい』（以上理論社）、翻訳『ゆっくりがいっぱい』（エリック・カール・作、偕成社）など。

星　新一（ほし　しんいち）一九二六年東京都生まれ。一九五七年同人誌掲載作が「宝石」に転載されてデビュー。おもな著作に、短編集『ボッコちゃん』『未来いそっぷ』『妄想銀行』（以上新潮文庫）「星新一ショートショートセレクション」シリーズ（理論社）、長編『ブランコのむこうで』、ノンフィクション『明治・父・アメリカ』（以上新潮文庫）など。日本推理作家協会賞、日本ＳＦ大賞特別賞受賞。一九九七年没。

干刈あがた（ひかり　あがた）一九四三年東京都生まれ。一九八二年『樹下の家族』で海燕新人文学賞を受賞しデビュー。おもな著作に、読み物『ウホッホ探検隊』『ゆっくり東京女子マラソン』（朝日文庫）『黄色い髪』『しずかにわたすこがねのゆびわ』『ラストシーン』『名残のコスモス』（河出書房新社）『野菊とバイエル』（集英社文庫）、エッセイ『どこかヘンな三角関係』（新潮社）など。芸術選奨新人賞受賞。一九九二年没。

岩瀬成子（いわせ　じょうこ）一九五〇年山口県生まれ。一九七七年『朝はだんだん見えてくる』（日本児童文学者協会新人賞受賞、理論社）でデビュー。おもな著作に『「うそじゃないよ」と谷川くんはいった』（産経児童出版文化賞・小学館文学賞受賞、ＰＨＰ研究所）『ステゴザウルス』（マガジンハウス）『迷い鳥とぶ』（理論社、以上二作で路傍の石文学賞受賞）『そのぬくもりはきえない』（児童文学者協会賞受賞、偕成社）など。

那須正幹（なす　まさもと）一九四二年広島県生まれ。一九七二年『首なし地ぞうの宝』（学習研究社）でデビュー。おもな著作に、「ズッコケ三人組」シリーズ（巌谷小波文芸賞受賞、第四十作『ズッコケ三人組のバック・トゥ・ザ・フューチャー』で野間児童文芸賞受賞）『さぎ師たちの空』（路傍の石文学賞受賞）「衣世梨の魔法帳」シリーズ（以上ポプラ社）「お江戸の百太郎」シリーズ（岩崎書店）『絵で読む広島の原爆』（福音館書店）など。

木坂　涼（きさか　りょう）一九五八年埼玉県生まれ。詩集『ツッツッと』（新装版・沖積舎）で現代詩花椿賞受賞。おもな著作に、詩集『小さな表札』『木坂涼詩集』（思潮社）『五つのエラーをさがせ！』（大日本図書）、エッセイ『ベランダの博物誌』（西田書店）、絵本に「ちょろちょろかぞく」シリーズ（大森裕子・絵、理論社）、訳書に「スーパーヒーロー・パンツマン」シリーズ（徳間書店）『ワイズ・ブラウンの詩の絵本』（フレーベル館）など。

ひこ・田中（ひこ・たなか）　一九五三年大阪府生まれ。一九九〇年『お引越し』（椋鳩十児童文学賞受賞、講談社文庫）でデビュー。おもな著作に、読み物『カレンダー』（講談社文庫）『ごめん』（産経児童出版文化賞JR賞受賞、偕成社文庫）、評論『大人のための児童文学講座』（徳間書店）『男女という制度　（21世紀文学の創造）』（齋藤美奈子・編、岩波書店）『12歳からの読書案内』（共著、すばる舎）など。

長　新太（ちょう　しんた）　一九二七年東京都生まれ。一九五八年出版の『がんばれさるのさらんくん』（福音館書店）が初めての絵本。おもな著作に『おしゃべりなたまごやき』（寺村輝夫・作、文藝春秋漫画賞受賞）『ごろごろにゃーん』（以上福音館書店）『ぼくのくれよん』（講談社）『キャベツくん』（絵本にっぽん大賞受賞、文研出版）『ゴムあたまポンたろう』（日本絵本賞受賞、童心社）『ムニャムニャゆきのバス』（偕成社）など。二〇〇五年没。

上野　瞭（うえの　りょう）　一九二八年京都府生まれ。一九五一年童話集『蟻』（土山文隆堂）を出版。おもな作品に、評論『戦後児童文学論』（理論社）『現代の児童文学』（中公新書）『われらの時代のピーター・パン』（晶文社）、読み物に『ちょんまげ手まり歌』『ひげよ、さらば』『さらば、おやじどの』（理論社）『アリスの穴の中で』『三軒目のドラキュラ』（新潮社）、エッセイ『ただいま故障中』（晶文社）など。二〇〇二年没。

安東みきえ（あんどう　みきえ）　一九五三年山梨県生まれ。「ふゆのひだまり」で小さな童話大賞受賞。おもな著作に、読み物『天のシーソー』（椋鳩十児童文学賞受賞）『頭のうちどころが悪かった熊の話』（以上理論社）『おじいちゃんのゴーストフレンド』（佼成出版社）『夕暮れのマグノリア』（講談社）、絵本『どこまでいってもはんぶんこ』（塩田守男・絵、ひかりのくに）など。

小野寺悦子（おのでら　えつこ）　一九四二年岩手県生まれ。一九七二年詩集『ないしょ話』（ででむし文庫）でデビュー。おもな著作に、詩集『レモンあそび』（理論社）『これこれおひさま』（飯野和好・絵、産経児童出版文化賞推薦、のら書店）『小野寺悦子詩集』（いしずえ）、絵本『ちいさなかぜはふいてゆく』（佐藤直行・絵、福音館書店）、紙芝居『おっはようもうおきた？』（西巻かな・絵）『なんかなんかあるよ』（山内和朗・絵、以上童心社）など。

村中李衣（むらなか　りえ）　一九五八年山口県生まれ。一九八三年『かむさはむにだ』（日本児童文学者協会新人賞受賞）でデビュー。おもな著作に『小さいベッド』（産経児童出版文化賞受賞、以上偕成社）『おねいちゃん』（野間児童文芸賞受賞、理論社）『うんこ日記』（川端誠・絵、BL出版）『こころのほつれ、なおし屋さん。』『まるごとおいしい幸福のつくりかた』（クレヨンハウス）『絵本の読みあいからみえてくるもの』（ぶどう社）など。

安房直子（あわ　なおこ）一九四三年東京都生まれ。一九七〇年同人誌に発表した「さんしょっこ」で日本児童文学者協会新人賞受賞。おもな著作に『風と木の歌』（小学館文学賞受賞、実業之日本社・偕成社文庫）『遠い野ばらの村』（野間児童文芸賞受賞）『風のローラースケート』（新美南吉児童文学賞受賞、以上筑摩書房）『花豆の煮えるまで』（赤い鳥文学賞特別賞受賞）「安房直子コレクション」全七巻（以上偕成社）など。一九九三年没。

飯田栄彦（いいだ　よしひこ）一九四四年福岡県生まれ。一九七二年『燃えながら飛んだよ！』（講談社児童文学新人賞受賞、講談社）でデビュー。おもな作品に『かぜのおくりもの』（サンリード）『昔、そこに森があった』（日本児童文学者協会賞受賞）『ひとりぼっちのロビンフッド』（以上理論社）『真夏のランナー』（あかね書房）『銀河のコンサート』（佼成出版社）など。一般向けの読み物に『おやじの子育て』（海鳥社）など。

荻原規子（おぎわら　のりこ）一九五九年東京都生まれ。一九八八年『空色勾玉』（日本文学者協会新人賞受賞）でデビュー。おもな著作に、読み物『白鳥異伝』『薄紅天女』（赤い鳥文学賞受賞）『風神秘抄』（小学館児童出版文化賞受賞、以上徳間書店）『これは王国のかぎ』（産経児童出版文化賞受賞）『樹上のゆりかご』（以上理論社）『RDGレッドデータガール』（角川書店）、エッセイ『ファンタジーのDNA』（理論社）など。

各月俳句作者

夏目漱石（なつめ　そうせき）一八六七年江戸牛込生まれ。本名は金之助。作品に、『吾輩は猫である』『坊っちゃん』『それから』『明暗』『夢十夜』など。一九一六年没。

服部嵐雪（はっとり　らんせつ）一六五四年江戸湯島生まれ。一六七三年松尾芭蕉に入門。蕉門の十哲（芭蕉の十人の高弟）のひとり。一七〇七年没。

川端茅舎（かわばた　ぼうしゃ）一八九七年東京生まれ。画家をこころざしたが病気で断念、俳句に専念した。作品に、句集『華厳』『春水光輪』など。一九四一年没。

編・解説

野上　暁（のがみ　あきら）一九四三年長野県生まれ。評論家、作家。子ども雑誌、児童図書、一般図書の編集に長年かかわる。著作に、『おもちゃと遊び』（現代書館）『ファミコン時代の子どもたち』（アドバンテージサーバー）『日本児童文学の現代へ』『〝子ども〟というリアル』（パロル社）『子ども学　その源流へ』（大月書店）など。創作に、うえのあきお名義による『ぼくらのジャングルクルーズ』（理論社）など。

底本一覧

十二月

「雪」　工藤直子　『てつがくのライオン』理論社　一九八五年

「悲しむべきこと」　星　新一　『盗賊会社』新潮文庫　一九八五年

「十二月ドミドミソドドド」　干刈あがた　『野菊とバイエル』集英社　一九九二年

「カルシウム」　岩瀬成子　「飛ぶ教室　ＦＩＮＡＬ創作特集一九九五」光村図書　一九九五年

「日記帳」　那須正幹　『少年のブルース』偕成社　一九七八年

一月

「ゾウガメ」　木坂　涼　『ひつじがいっぴき』フレーベル館　二〇〇七年

「たぶん、ぼくは。」　ひこ・田中　「子どもプラス」15号　雲母書房　二〇〇三年

「カメレオンか？　人間か？」　長　新太　『だれもしらない大ニュース』ほるぷ出版　一九九二年

「ぼくらのラブ・コール」　上野　瞭　『グフグフグフフ』あかね書房　一九九五年

「小さい草からのながめ」　安東みきえ　「飛ぶ教室　ＦＩＮＡＬ創作特集一九九五」光村図書　一九九五年

二月

「ちいさなひょうざん」 小野寺悦子 『これこれおひさま』のら書店 一九九四年
「ぐうぜんの風景」 村中李衣 「別冊飛ぶ教室 創作特集一九九二」楡出版 一九九二年
「雪の中の青い炎」 安房直子 「びわの実学校」81号 びわの実文庫 一九七七年
「葉書」 飯田栄彦 「飛ぶ教室 ＦＩＮＡＬ創作特集一九九五」光村図書 一九九五年
「あのひと」 荻原規子 「別冊飛ぶ教室 創作特集一九九二」楡出版 一九九二年

本文挿画

松林　誠（まつばやし　まこと）一九六二年高知県生まれ。創形美術学校研究科版画過程修了。一九九五年ザ・チョイス年度賞大賞受賞。一九九八年第一回ふくみつ棟方記念版画大賞入選。一九九九年第一回池田満寿夫記念芸術賞展入選。東京、パリ、高知など各地での個展に加え、子どもたちにむけてワークショップなども開いている。著書に『マコトバナ』など。

装画

川上隆子（かわかみ　たかこ）一九六七年東京都生まれ。一九九八年絵本『わたしのおへやりょこう』（フレーベル館）でデビュー。作品に、絵本『てんぐちゃんのおまつり』（森山京・作、理論社）『へんてこりんなおるすばん』（角野栄子・作、教育画劇）『たまちゃんのかさ』『おはようミントくん』（以上偕成社）、読み物『たまごの森のものがたり』（フレーベル館）など。

ものがたり12か月
冬ものがたり

2008年11月　1刷　2013年3月　2刷

編　者　野上　暁
画　家　松林　誠
発行者　今村正樹
発行所　株式会社偕成社
〒162-8450 東京都新宿区市谷砂土原町3-5
電話 03-3260-3221（販売）
03-3260-3229（編集）
http://www.kaiseisha.co.jp/
印刷所　中央精版印刷株式会社
製本所　中央精版印刷株式会社

22×16cm 222p. NDC913 ISBN978-4-03-539340-5
Published by KAISEI-SHA. Printed in Japan.

本のご注文は電話・ファックスまたはEメールでお受けしています。
Tel : 03-3260-3221　Fax : 03-3260-3222　e-mail : sales@kaiseisha.co.jp

ものがたり１２か月シリーズ

野上　暁・編

季節をみずみずしくえがいた
短編・詩の傑作をえらびぬいて
各巻 15 編収録。

【収録作品作家陣】

「春ものがたり」

谷川俊太郎・柏葉幸子・立原えりか・森忠明・末吉暁子
山中利子・岡田貴久子・三田村信行・斉藤洋・丘修三
ねじめ正一・笹山久三・今森光彦・茂市久美子・川上弘美

「夏ものがたり」

清岡卓行・矢玉四郎・北村薫・竹下文子・杉みき子
松永伍一・水木しげる・江國香織・灰谷健次郎・たかどのほうこ
阪田寛夫・上橋菜穂子・内海隆一郎・村上春樹・舟崎靖子

「秋ものがたり」

まど・みちお・河原潤子・三木卓・群ようこ・佐野洋子
佐野美津男・内田麟太郎・池澤夏樹・佐藤さとる・那須田淳
吉野弘・たかしよいち・松居スーザン・岡田淳・市川宣子

「冬ものがたり」

工藤直子・星新一・干刈あがた・岩瀬成子・那須正幹
木坂涼・ひこ・田中・長新太・上野瞭・安東みきえ
小野寺悦子・村中李衣・安房直子・飯田栄彦・荻原規子

・全4巻・